【新装版】

自動販売機に生まれ変わった俺は迷宮を彷徨う３

昼熊

角川スニーカー文庫

23833

3
CONTENTS
Reborn as a Vending Machine,
I Now Wander the Dungeon.

迷路階層の集落

迷路階層主の討伐も済んだことだし、後は実家——清流の湖階層に帰るだけだ。

歩くことができないので、いつものようにラッミスに運んでもらっている。体型は小柄な方の彼女が、自動販売機を軽々と背負う光景は他者から見れば異様だよな。

ラッミスに背負われることに違和感が無くなっている自分に対して、正直どうかと思うが、やっぱりこの場所は落ち着く。

迷路階層の転送陣が置かれている集落に向けて帰還中なのだが、結構な大所帯だよな。

改めて全員を見回して思うことは、みんな個性が際立っている。

金髪を横で括った笑顔が眩しく可愛らしいのに胸部はかなり豊かな、ラッミス。この世界で最も大切な相棒だ。

ラッミスの幼馴染でミルクティーの様な髪色で男勝りな、ヒュールミ。真っ平らな胸を気にしているようだけど需要はあると思うよ。

巨大な熊の姿なのだがコートと帽子が似合う紳士な、熊会長。異世界で一番頼りになる

人……熊だ。

清流の湖階層で門番をしている、スキンヘッドで厳つい顔の癖に彼女がいる、カリオス。

その相棒をやっている角刈り頭で寡黙な男、ゴルス。

あとは愚者の奇行団と大食い団だけか。

まずは、この世界では有名なハンターチームの愚者の奇行団からか。団長のケリオイル。見た目は西部劇のガンマンにしか見えない。

団長の隣にいつも付き従っている、ウェーブのかかった青髪の美しい女性はフィルミナ副団長。いつも冷静で愚者の奇行団のツッコミ役だ。

射手のシュイはベリーショートのボーイッシュな女性。語尾に「す」をつける特殊な話し方と大食いの印象が強いな。

紅白双子の赤と白は見た目がほぼ同じで髪色でしか区別がつかない。あとノリが軽い。

残るは元暴食の悪魔団こと大食い団か。この世界でも珍しい袋熊猫人魔という種族らしいが、ぶっちゃけタスマニアデビルの獣人だ。

リーダーのミケネは四人の中ではしっかり者だろう。

ペルは四人の中で一番丸っこくて可愛い。シュイ並みに食欲旺盛だ。

ショートは毛の色が黒く細身だ。副リーダーらしく、一番冷静に思える。

スコは大食い団唯一の女性で垂れた耳が愛らしい。

これが全メンバーで、総勢十四名＋一台となっている。

今後は迷路階層の集落で暫く滞在をしてから、清流の湖階層に戻るらしい。俺が映し出した迷路階層の地図を正確にトレースして、罠の配置場所とかを記載する作業をするそうで、手伝いをすることになっている。

迷路階層は入り組んだ通路と罠の凶悪さで忌避されているので、ハンター協会としては少しでも生存率を上げる為の努力を惜しみたくないそうだ。

それが一段落つくまでは、迷路階層の集落が仮の我が家となる。

迷路の大通りにある罠の殆どは既に配置場所も起動条件も調べられているようで、時折魔物は現れるが容易く撃退されていく。

特にこれといったアクシデントもなく、二日後には迷路の入り口に到達していた。

入り口には門も何もなく衛兵も存在していない。迷路から脱出して少し進んだ先にポツリポツリと建物が見えてきたのだが、なんと言うか寂しい光景だ。

迷路の外壁より外は荒れ果てた大地が広がり、草の一本すら生えていない。

建造物も丸太を組み合わせただけのログハウス風のものや、石を重ねた真四角な平屋が点在しているだけで、集落を囲う塀すらないのだが……魔物対策はどうしているのだろう。

「ここって殺風景だよね。ハッコンもそう思わない？」

「いらっしゃいませ」

「だよね。何で活気もなくて寂れているんだろう」

「ラッミスは知らねえのか。この迷路階層ってのは命の危険はでけえが、その分見返りも期待できるって場所でな。死亡率が異様に高いだけのことはあって、一生使いきれない程の現金を手に入れたハンターだっているらしいぜ」

そんな話を大食い団の面々もしていたな。

「そんな場所だから来る連中は腕に覚えがある者か、実力もないのに一攫千金を夢見る馬鹿な連中の二択ってわけだ」

特に深い意味は無いのだが、思わず大食い団に視線を移してしまった。四人仲良く行進しながら談笑をしている。

彼らがどっちに当てはまるかの考察結果は……心中にそっとしまっておくことにしよう。

「滅多にハンターがやってこねえけど、ハンター協会としては転送陣を維持する為にも最低人数の職員は送り込まなければならない。人が少ないとはいえ宿屋や食堂などの施設がなければ不便だからな。そんな感じでハンター協会、宿屋兼食堂、武器防具屋、道具屋ぐらいしかねえんだよ」

「そうなんだ、ヒュールミは物知りだね。あ、でも、集落と言う割には周りに防壁がないけど、それは？」

「迷路の魔物は何故か迷路から一歩も外に出ないらしい。そして、迷路の外は一匹たりとも生き物が存在しない不毛の大地。防壁が必要ないって寸法だ」

「協会としては、もう少しこの階層に訪れるハンターを増やしたいのだがな。苦心しているところに、今回の一件だ。ハッコンの地図のおかげで展望が見えてきた、感謝する」

話に割り込んできたのは熊会長だった。どうやら近くで聞き耳を立てていたようで、話に混ざるタイミングを見計らっていた節がある。

「ダンジョンは未だに我々の理解が及ばぬ領域が余りにも多すぎる。各階層にある程度の人員を確保できなければ異変に気づくのも遅く、行動を起こした時には時すでに遅し、といった最悪の事態だけは避けねばならん。特に今回は階層主の復活が多発しておる。どうにも、嫌な予感がしてならぬのだよ」

この世界については知らないことばかりだ。こんな短期間の内に階層主二体に遭遇するなんて、普通ではあり得ないことなのだろう。

「数日は地図制作に付き合ってもらうことになるが、上空からの光景とは別口で支払いをさせてもらう」

それなら文句はない。いや、元から文句を言う気もなかったのだが。俺としてはラッミスと共に救出に来てくれただけで充分嬉しかった。それが打算込みであったとしてもだ。

なので追加報酬をもらうのは正直どうかと思うのだが、相手の申し出を上手く断れる程度の会話能力すらないので、黙って受け取らせてもらおう。

そんな会話を続けていると、全員の足がぴたりと止まった。ここが目的の迷路階層にあるハンター協会か。

清流の湖階層と違い、あまりにも小規模で二階建ての民家を改造したようにしか見えない佇まいだ。よく言えば庶民的、悪く言えば……金かかってないなぁ。

両開きの扉を開けて中に入ると、壁際にカウンター、丸テーブルが二つに、椅子が数脚。あと本棚が一つ。それが室内にある家具の全てだ。

カウンターの向こうには職員らしき女性が二人いるのだが、他には誰もいない。俺たちが来るまで暇を持て余していたのか、片方は読書、もう片方は居眠りをしていた。

「えっ、あ、ボミー会長、お早いお帰りで。もう見つかったのですか」

職員は本から素早く手を離して慌てて立ち上がり、熊会長に頭を下げている。

その声に居眠りしていた方も起きたようで、キョロキョロと辺りを見回した後に、隣の職員と同じように頭を下げている。

しかし、熊会長の本名はボミーと言うのか。しっくりこないので、俺は心の中で熊会長と呼び続けよう。

「ケシャ、ウリワ。暇なのはわかるが、もう少し緊張感を持ってくれ」

「も、申し訳ございません」

受付の女性は読書をしていた方が三つ編みの黒メガネでケシャ。居眠りをしていた方がウリワだよな。ショートカットで体育会系といった感じだ。

「迷路階層会長は上か？」

「はい。いらっしゃいます」

「では、団長、副団長、ヒュールミ、それと……一応ミケネも来てもらえるか。他の者はここで休んでいてくれ」

ラッミスによってホールの隅っこに設置された。久しぶりに屋根のある場所で過ごせるのか。自動販売機だから屋外でも平気だけど。

休憩となると自動販売機としての出番だ。全員が好む商品は把握しているので、ずらりと並べておく。何度も購入してきているので、手慣れた動作で次々と商品を購入している。買い終えると丸机の上に並べて寛ぎだした。

「あ、あの、それなんですか？」

受付の職員二人がいつの間にか近くまでやってきて、好奇心を隠しきれずに愚者の奇行団の面々に話しかけているな。

「んー、あっハッコンのことっすね。ええと、硬貨を入れたら並んでいる商品が買える不思議な魔道具っすよ。味も美味しくてお腹いっぱい食べられるから、チョーおすすめっす」

流石、愚者の奇行団で一番のお得意様シュイだ。べた褒めしてくれてありがとう。

皆が美味しそうに食べている姿を見て、受付の職員二人がゴクリと喉を鳴らす。

「買ってみようか。いつもあの食堂だけだし」

「そうよね。味も悪くないけど、飽きたよね……」

この集落には食堂兼宿屋が一軒だけだもんな。そりゃ、飽きるだろう。というか、食堂兼宿屋は経営が成り立っているのだろうか。実はハンター協会から補助金とか与えられているのかもしれないな。

他の面子が買っている商品を調べた上で、黒メガネの方がミルクティーとおでん缶。もう片方がコーンスープとカップ麺を購入してくれた。

匂いを嗅いで缶を指で突いて、あれやこれやと弄って一先ず納得したようだ。緊張しながら口にすると、かっと目が見開いた。

「あ、意外と美味しい！」

「何これ、のど越しもいいし、この甘さが病み付きになりそう」

高評価いただきました。新たな顧客をゲットできたことだし、腰を据えてポイントの確認でもしようかな。階層主二体目を倒したことでポイントが更に増えてないかな。

《自動販売機　ハッコン　ランク2
耐久力　200／200
頑丈　50
筋力　0
素早さ　20
器用さ　0
魔力　0
PT　517654
〈機能〉保冷　保温　全方位視界確保　お湯出し（カップ麺対応モード）　2リットル対応　棒状キャンディー販売機　塗装変化　箱型商品対応　自動販売機用防犯カメラ　太陽光発電　車輪　電光掲示板　液晶パネル　酸素自動販売機　雑誌販売機　氷自動販売機　ドライアイス自動販売機　ガス自動販売機　風船自動販売機　野菜自動販売機　卵自動販売機　ダンボール自動販売機　コイン式掃除機　高圧洗浄機
〈加護〉結界
〈所持品〉八足鰐のコイン》

なんというか〈機能〉が増えすぎて、よくわからない存在になっている。殆どの機能は有意義でうまく作用もしてくれたのだが、電光掲示板はミスったか。文字が自在に打てるなら、音声も自由に選べそうなものだという、考えが及ばなかった。

いつか別の使い道が思い浮かぶかもしれないから、忘れないようにはしておこう。

あとは耐久力と頑丈をかなり上げたのだが、これってどの程度の硬さなのか実感できていないんだよな。

ラッミスの助走体当たりでダメージが通ったのは、彼女の怪力のなせる業だというのは理解している。一度適度な強さの敵の攻撃を受けてみたいのだが、そんな機会は無いに越したことはないか。

で、本命のポイントなのだが51万か。八足鰐を倒した時は１００万近いポイントを得たが、今回は50万ぐらい増えている。これって、八足鰐よりも炎巨骨魔がポイント少ないだけなのか、それとも今回は俺が止めを刺す前に、ある程度のダメージが蓄積していたからなのか、判断に苦しむな。

何にせよ１００万ポイントには足りないことだけは確かだ。また１００万ポイントに到達することがあったら、今度こそは加護を取るべきだよな。うん。

当てにならない誓いを胸に秘め、雨風に晒されることのない環境で緊張の糸が切れた俺は、迷路階層に落ちてから初めて眠ることを選んだ。

迷路階層に来てから新たな常連が増えた。武器防具屋の夫婦に宿屋の親子、ハンター協会の受付と、ここの住民の殆どが毎日購入していくようになった。

というか、この階層って住民の数が少なすぎる。人気のない階層とはいえ十人前後じゃ商売あがったりだろうに。と部外者なのに余計な心配をしていたのだが、俺と同じ疑問を抱いたラッミスが受付に質問したことにより、謎が解けた。

実は俺の予想が的中していて、ハンター協会から毎月一定の金額が支払われているそうだ。つまり客が全く来なくても、充分生活ができる程度の収入が保障されている。

そうなると話が変わってくる。働かないでもお金が貰えるとなれば、この境遇にも耐えられる人は多いだろう。

とはいえ暇というのはある程度ならば歓迎されるのだが、それがあまりに長い時間となると、働き者であればある程、苦痛となり不安を覚えるらしい。

なので、たまにハンターが訪れると異様なまでの歓迎ムードでもてなしてくれるのが、

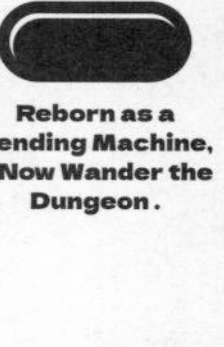

ここの面白いところだ。

今回は俺たちが長期にわたり滞在しているので、住民の顔は生気に溢れテンションも上がり、毎日過剰なまでのおもてなしを受けている。

◆

集落に着いてから三日が過ぎると、愚者の奇行団は別階層の下調べに向かい、情報収集を終えたら誘いに来ると言っていた。

熊会長もそろそろ清流の湖階層に戻らないと色々と問題があるらしく、先に帰還している。書類がかなり溜まっていそうだ。

未だに残っているラッミス、ヒュールミ、大食い団の面々は熊会長からの依頼があるので、離れられないでいる。明日から決行するらしく各自が準備を整えていると、珍しくこの階層に別のハンターがやってきた。

漆黒で表面が濡れているかのような、やけに艶のある全身鎧を着込んだ、金髪碧眼の中性的な美青年がたった一人でハンター協会を訪れたのだ。

見目麗しくすらっと伸びた手脚に、背中の大剣に加え漆黒の鎧。

なんと言うか、まるで女性の理想を詰め込んだ、超美麗ＣＧ映像が自慢の某ゲームから抜き出てきたような彼に、受付の視線が集中するのも無理はない。

あんな美形が実在するとは異世界とは恐ろしいところだ。

「すみません。今日、この階層に来たばかりなのですが迷路の詳しい地図はありませんか」

物腰も柔らかく声も澄んでいる。今のところ欠点が見当たらない。自動販売機なので嫉妬するのもおかしな話なのだが、これ生身だったら隣に並ぶことすら同性として苦痛かも知れないぞ。

「は、はい。地図はあと三日待っていただければ、最新の精密な物が完成する予定です」

あれが一目惚れした女性の顔か。俺は一目惚れを信じないタイプなのだけど、ここまでの美形だと仕方がないような気持ちになる。あっ、もしや……。

俺の傍で飲み物を口にしていたラッミスとヒュールミの様子が気になり視線を向けると……騒ぎながら青年を眺めていた。

「ヒュールミ、見て見て、絵にかいたような綺麗な男の人だよ」

「おー、マジだな。めっちゃ美形だぜ」

あれだけの美形を前にしたら彼女たちも心が揺れるのではないかと、ほんの少しだけ不安だったのだが――ノリが軽いな。

惚れているという感じではなく、街中で有名人を見つけた時のようなテンションで純粋に感心しているようだ。普通はあれだけイケメンなら女性は興奮しそうなものだけど。

「三日ですか、では三日後にまた伺わせてもらいますね」

帰り際に春風を彷彿させる爽やかな笑顔を見せて扉から出て行った。

受付の二人は姿が消えても未だに手を振り続けている。凄いな、イケメン効果。

女って見た目で簡単に騙されてちょろいよな。と言う程、擦れてはない。男だって美人や胸の大きな人に簡単になびくものだし、お互い様だと思う。

同性の目から見ても、あそこまでの美形なら仕方ないと思う。それぐらいの美貌をしているので、僻むのも馬鹿らしくなるレベルだ。そもそも、俺は自動販売機だから人間の美醜は関係ない。

「昔話に出てくる勇者様って感じだよね」

「ラッミス、あれは美化されまくっている作り上げられた勇者像だぞ。有名なハンターってのは、大概はムキムキで筋肉ダルマのオッサンってのが定番だ」

ラッミスが憧れを打ち砕かれてショックを受けている。知らなくていい現実ってあるよね、うんうん。

「じゃ、じゃあ、百の加護を持つ、神の寵愛を受けた者と呼ばれた有名なハンターは⁉　超絶美少女って話聞いたことがあるんやけど、うち、めっちゃ憧れてるんやで！」

動揺が方言となって表れている。

しかし、百の加護って凄いな。何ポイント消費したんだ。あれ？　そう言えば俺はポイント消費して機能とか加護を得ることが出来るけど、他のハンターとかはポイント制なのだろうか？　今更だけど気になるぞ。

　こういうシステムが当たり前のように思いこんでいたけど、ハンターの人たちは魔物を倒したら強くなるのだろうか。こればかりは俺の定型文では聞き出すことができない。

「あー、神の寵愛を受けた者か。あの人は本当に美人で優しい人だったという文献や証言が今も残っているぞ。ただ、一か所に留まることがなかったから、各地に伝説を残しているが細かい人物像は不明ってことになっているぜ」

　へえー、カッコいい人だな。正体不明で流離いの美人、尚且つ強キャラか。物語の題材にしたら人気間違いなしだ。

「よかったー。うちの理想だからね！」

「まあ、あの美形君も、そういった特殊な人間の一人なのかもしんねえぜ。迷路階層に一人で挑む実力ってことは、相当なもんだろ」

　あれだけの容姿なら腕がそれ程でなくても、チームメンバーになりたがる女性ハンターなんて腐るほどいるだろう。それでもあえて、一人でやっているのは腕が立つってことか。

　もしかして、外にチームメンバーを待たせているのかもしれないが、何となくだが他人を寄せ付けない感じがした。物腰は穏やかで丁寧だが、一歩距離を置いて接している様にも見える。気のせいかもしれないけど。

　でもまあ、仲間に危害を与えないのであれば内面はどうでもいいんだが。

　夜になり、娯楽施設が全くない迷路階層では早めの就寝が常識になっている。

　無駄に部屋数だけは豊富な宿屋にラッミスたちは泊まっているのだが、外から見る限りでは窓の灯りも消え、早々に眠りについたようだ。

　俺は宿屋の前に佇み、ボーッと集落内を眺めている。本当は室内に入れてもらえそうだったのだが、重みで床が抜けても困るので屋外にいることにした。

　自動販売機の体に慣れきってしまっているので、こうやって屋外で辺りを観察するのも悪くない。それどころか妙に馴染むのだ体に。

　身も心も自動販売機になってきている気がする……別に悪いことでもないか。

　夜の節電モードにして、ほんのり灯る程度にしておく。辺りに光源が無いのでこれだけでも異様に目立っている。

　しかし、迷路階層って廃れ過ぎだと思う。迷路以外は安全とはいえ不毛の大地なので、農作物は育たない。魔物も居なければ動物もいない。どうしようもない土地に見えるが、実は利用価値あるよな、ここ。

　これが現代日本とかなら、工業地帯が出来上がりそうな気がする。でも、何が起こるかわからない迷宮で普通の人が就職するには難があるか。

そもそも、迷宮がどういうものか未だに不明点が多い。俺の知っているダンジョンというのは空もなければ一階層がこんなに広大ではない。スケールが違い過ぎる。

それに最下層をクリアーしたら、どんな願いも叶えられるというのが眉唾だ。こんな馬鹿げた仮想世界を創造できる存在なら不可能とは言い切れないけど。

うーん、自動販売機が悩むのは商品の売れ行きだけにしたいのだが、そうはいかないよな。

結構真剣に考え込んでいると、不意に辺りが明るくなった。周囲は暗く人気のない時間帯だというのに、誰か宿屋から出てきたのか。

宿屋入り口の両開きの扉が開け放たれて、そこから一人の美男子が歩み出てくる。昼間の目立つ青年か。

彼はゆらゆらと頼りない足取りで俺の前にすっと立った。放たれる光に照らされた表情は生気がなく、昼間の自信ありげで余裕の態度が微塵も感じられない。視線が定まらず、身体が小刻みに震えている。

どうしたんだ。今の姿は挙動不審で陰気な残念イケメンって感じだぞ。

「あああああっ、もう、緊張したなぁ。何でみんな、じろじろ見てくるんだよ。はあぁぁぁ、怖かった。この階層は人が少ないって聞いていたのに、結構人がいるしぃいいぃぃ」

んー？　今、この青年は早口で情けないことをまくし立てなかったか。おいおい、昼間の態度は無理していたって事で本性はこっちだというのか。

「もおおおぅ、無理ぃぃぃい。人と話すのやだもおおおおう。ほんっと勘弁してほしいよ。はああああぁぁぁぁ」

　口から魂が抜け出そうなぐらいのため息だな。この人、コミュ障なのか。それを隠す為にイケメンキャラになりきっているってことか。単独行動している理由がコミュ障ってどうなんだ。でも……急に親しみが湧いてきた。

「ダメだダメだ。物事を否定的に捉えたり、悪いことばかり考えたらダメだって母さんも言っていたし。肯定的に、肯定的に」

　深呼吸を繰り返し、ぎゅっと拳を握りしめる姿を見ていると応援したくなる。

　確かカカオの実に含まれる成分に自律神経を整えて、リラックスできる効果があるとかどうとか聞いた記憶が。だとしたら、新商品としてココアを仕入れよう。

「いらっしゃいませ」

「うわああっ、びっくりした！　えっ、なになになに⁉」

　かなり驚いたようで、その場で三メートルほど跳躍した。凄いな身体能力。そんな見事なリアクションされたら悪戯心が疼きそうになるが、それをやったら本末転倒だ。

「こうかをとうにゅうしてください」

「あ、う。昼間、ハンター協会にあった箱かな。確か買い物ができる不思議な箱だったよな。袋熊猫人魔の人たちが買っていたし」

上半身を若干後方に反らしながら、器用に近寄ってきている。怖がっているのが如実に伝わってくるよ。自分が原因なのだが、落ち着かせる為にもココアを飲ませてあげたい。

ココアが目立つように下の段一列をココアで揃えてみた。

「えっと、硬貨を確かここに入れていたよね。それで、欲しい商品の下にある出っ張りを押せばよかったと思う」

硬貨が体内に滑り込んだのを確認すると購入可能になった証として、スイッチを点灯させる。さあ、温かいココアを選ぶのだー。

「何にしようかな。このカップに茶色い液体注いでいる絵って飲み物ってことだよね。いっぱい並んでいるって事は人気ありそうだし、実家で飲んでいたお茶に似ているから、これにしようかな」

思惑通りココアを選んでくれたのは嬉しいのだが、独り言が多い。そういや、友人が在宅の仕事で人と殆ど触れ合わない生活を続けていたら、独り言が増えたとか言っていたな。彼はコミュ障っぽいから、人と話す機会が思ったより少ないのかもしれない。

「うわぁ、温かいんだ。ええと、開け方も確かここを引き上げて……いけたっ」

無邪気に喜ぶ姿が可愛らしいぞ。きりっとしていればイケメンなのに、笑顔は可愛いとなると、年上のお姉さま方が一発で落ちそうだ。

「ふうー。甘くて美味しいなぁ。なんか凄くほっとする。この魔道具いいな。人相手じゃないから買い物も緊張しないで済むし」

物欲しそうな目でじっと見つめられても困るんだが。高評価で求められるのは悪い気はしないけど、俺の居場所はラッミスの傍と決まっている。

「確か、所有者は彼女たちだったか。明日交渉してみよう」

そう呟くと彼はココアの缶を大事そうに両手で包み込み、宿屋の中へと姿を消した。

交渉しても無駄だと思うけど、無理やり奪おうとしないのは立派だ。個人的には好きなタイプの人間なのだが、彼とこれ以上は接点を持つことは無いだろう。

明日になったら俺たちは別口の依頼で動くことになるからな。

「ハッコン、ミシュエル君が依頼に同行してくれることになったよ！」

「よろしく、ハッコン」

次の日の朝、俺の前に飛び出してきたラッミスが開口一番そんなことを言い出した。

急展開だな……彼自身は好ましい青年だと思うが、何故か少しもやっとする。

彼女の隣に並び立つ爽やかイケメンは笑みを浮かべ、俺にすっと手を出すが握手できないことを理解して、頭を恥ずかしそうに掻いていた。

外周

Reborn as a Vending Machine, I Now Wander the Dungeon.

熊会長が用意した荷猪車の荷台にはヒュールミと大食い団が乗り、脇に俺を背負ったラツミスと一人の青年が歩いている。

「ははっ、そうですね」

「でも、本当は迷路の中を探索する予定だったんだよね」

「ええまあ」

「いいじゃねえか。実力のあるハンターが同行してくれるんだ。万が一の事態に対応できるしな。頼りにしているぜ」

「ははっ、そうですね」

「まさか、孤高の黒き閃光と呼ばれるミシュエルさんと同行できるなんて、光栄だなー」

「ははっ、そうですか」

昨日の夜の一件を知らなければ、余裕のある爽やか笑顔で対応する好青年に見えるのだが……よく見ると微かに頬が引きつっているし、受け答えの単語が殆ど同じだぞ、もう少しバリエーションを増やそうな、ミシュエル君。

俺たちは熊会長の依頼により巨大迷路の外周を進んでいる。左にはそそり立つ迷路の外壁。右には荒れ果てた大地。敵は迷路から出てくることがなく、外には生物が存在しない。

今回は危険度がかなり低い依頼なので、ラッミス、ヒュールミ、大食い団といった人員でも大丈夫だろうと依頼された。

だが、最近は異変が立て続けに起こり、何があるかわからないということで、急な申し出ではあったが、実力者として名の知れ渡っているミシュエルの合流を許可した――というのが顛末である。

「ヒュールミ、この外周って何もなかったら一周するのに一ヶ月ぐらいかかるんだっけ？」

「一年前、調査を担当したハンターたちはそうだったらしいが、ハッコンの映像を基に計算した感じでは三週間はかからないと思うんだがな。あれじゃねえか、依頼料を多めにふんだくる為にわざと時間を掛けたのかも知れねえぜ」

あー、なるほど。安全で日数分だけ依頼料を渡すという内容なら、そう考えるハンターがいたって不思議じゃない。

「今回は無限の食料を提供できるハッコンがいるオレたちには最適の任務だ。元々は足の速さと生命力に定評がある大食い団に頼みたかったようだが、食料問題があったからな」

足が速くて野生での環境に適応しやすい……らしい大食い団は調査に向いているのだ

が、食料の確保という最大のデメリットが存在する。

なので、俺とラッミスが同行することになり、更に迷宮の壁が劣化していないか、周辺の環境に変化はないか、異変の兆しはないか、そういった細かい調査や分析を担当するのがヒュールミといった具合だ。

のんびりと外壁に沿って旅行気分で移動するだけの簡単なお仕事なのだが、今まで予想外な出来事に巻き込まれ過ぎて、どうにも警戒してしまう。

「では、念の為に私が殿を担当します」

不意に声がしたので意識を覚醒させて、声の主を見る。

ミシュエルが自然な感じで、その場から立ち去り最後尾へと移動したのだが、誰の視線も自分に向いていないことを理解して、ほっと安堵の息を吐いている。

まあ、俺の視線は注がれているのだが知らぬが仏だ。でも、これだけ人見知りなくせしてなんで今回の任務に同行したんだ？

確か自動販売機である俺を買い取る交渉をラッミスに持ちかけた……筈なんだが、何処をどう間違ってこうなった。不信感とまではいかないのだが、彼の行動には疑問が残るので注意深く観察をしてみよう。

最後尾に移動してからは、誰かが振り向いたりしてミシュエルの様子を覗き見ない限りは、若干俯き気味で黙々と歩いている。その顔を注視していて気づいたのだが、口が微妙に動いている。

また独り言を呟いているのか？　意識を集中して声を拾ってみる。

「この……一ヶ月……できるだけ……慣れない……女性……袋熊猫……自然に……できるように……」

途切れ途切れではあるが、何を言っているのかある程度は理解できた。つまり、女性とタスマニアデビル族しかいない、このメンバーと同行することで、コミュ障を少しでも改善したいと考えているみたいだな。

大食い団の面々は人とかけ離れているので接しやすいというのはわかるが、男性よりも女性の方が緊張しないのか。まあ、男性ハンターって厳ついのが多いから……門番のカリオスとゴルスなんて、気の弱い子供が夜に見たら泣くレベルだ。

ふむ、ならば俺も協力してあげないと。購入の際にはちゃんと話しかけて、少しでも男性の声に慣れてくれればいいのだが。

とまあ彼のことはこれぐらいにして、周囲を見回してみるが何もないな。

壁、荒野だけ。全く同じ風景に進んでいる実感が皆無。あと一ヶ月近くこの状況が続くのか。一人ならうんざりするところだが、癒しの大食い団とラッミス、ヒュールミがいたら苦でもなさそうだ。

昼食になると皆が俺から商品を購入して、各自が思い思いの場所で食事をしている。といっても三つのグループに分かれるのだが。

ラッミスとヒュールミの幼馴染二人。大食い団。そして、単独でミシュエル。

これだとミシュエルだけが仲間外れでボッチなイメージだ。ラッミスとヒュールミは気さくに一緒に食べようと誘ったのだが、人見知りの激しい彼が本心を笑顔の仮面で完全ガードして、やんわりと断っていた。

まだ、一緒に食事をするのはハードルが高いようだ。この一ヶ月間で普通にご飯ぐらいは食べられるようになるといいな。

――だが、こんなイケメンがラッミスやヒュールミの傍にいることに、ほんの僅かだけど焦りと戸惑いはある。

人はなんだかんだ言っても美形に弱い。二人は興味がない素振りをしているが、普通はあんなイケメンが近くにいたら魅力的に感じるのが普通だし、美人とイケメンだと絵にもなる。どちらかが……いや、二人とも惚れたって不思議じゃない。

って、自動販売機が何を嫉妬しているのやら。俺には色恋沙汰なんて関わりのないことだ。気にするだけ変だよな。

それにミシュエルだって危険性があるようには思えない。今までの彼の言動を見ていると保護欲が刺激されて応援したくなるのだ。

「あっ、明日は、もう一メートル近くで食事を取るようにしよう、うん。頑張ろう」

荒野の吹きすさぶ風に乗って、こんな言葉が流されて来たら、そりゃ応援したくなるのが人情ってものだろう。

表面上は微笑みながら食事をしているように見えるが、常に相手の視線を察知して笑みを浮かべている。もっと自然に笑わないと、頬が微妙に痙攣しているぞ。

いっそのこと、自分は人と接するのが苦手ですと暴露した方が楽だと思うのだが、それができないから、偽りの仮面を被っているのだろうな。どんな家庭環境で育ったら、あんな感じになるのだろうか。

食事を終えると、またものんびりと外周に沿って進み始める。

平和だねぇ。油断は禁物なのは重々承知しているので、必要以上に気を抜くことは無いが、何もないのが一番だ。

異世界に来てからというもの、厄介事や過激なイベントが発生していた。こういうまったりとした日々こそが自動販売機としての正しい日常。

俺の望み通り、本当にただ歩いただけの初日が終わろうとしている。

この階層は夜も寒くなく年中気温の変化が少ないので、大食い団の面々は満腹の腹を晒しながら、地面の上で豪快な寝息を立てている。寝顔も愛らしいな。防犯カメラで録画して後で楽しもう。

ラッミスとヒュールミは幌付きの荷台の中で眠っているらしく、微かな寝息が届いている。残りのミシュエルは俺と一緒に見張りに立ってくれているのだが、今日一日ずっと他人の視線を気にしていた精神的疲れが出ているようで、胡坐をかいて座っているのだが、意識が飛びそうになっている。頭ががくんと何度も落ちかけては、目が覚めて辺りを見回す。

「はっ、ダメだダメだ。皆さんはハッコンが見張りしてくれるから大丈夫。だと言っていたけど。はああぁ、もおおおう、緊張したなぁぁ。お二人は美人だし、大食い団の皆さんは可愛らしいし。表情引き締めるのに必死だったよぉ。あ、そういえば本当に……この箱の魔道具は意思を持っているのかな」

訝しみながら俺を眺めている。

まあ、素直に信じられないのが普通だと思うよ。二人は察しが良すぎるし、大食い団はご飯につられただけだからな。

顎に手を当てて額がくっつくぐらい近づき、俺の中を見通すようにじっと見つめられたら、自動販売機とはいえ照れるじゃないか。

「いらっしゃいませ」

「あ、はい。いらっしゃいました。こ、今晩は」

日頃のイケメンモードより、この純朴で物怖じする状態の方が個人的には印象がよい。

素の彼は人見知りをするただの青年だからな。

「ええと、何か買おうかな。そういえば、あの甘くてホッとする飲み物、ほんっと美味しかった。いつもなら買い物するのにも緊張するのに、この魔道具の箱だと人の目を気にしないでいいし」

うんうん。店員相手に緊張するというのはわからなくもないからね。気軽に買えるというのも自動販売機のメリットの一つだ。

ココアを握りしめてホッと息を吐くミシュエルの横顔を、何とはなしに眺めていたのだが、こういう時は年齢よりも幼く見える。

油断している時の緩んだ表情と雰囲気は年上キラーっぽい。ショタ好きの相手なら一発で落とせると断言できる。普通なら嫉妬の一つもするレベルの美形だが、彼を見ているとなんとかしてやりたくなるのは人徳なのかもしれないな。

それから一週間が過ぎ、本当に戦闘の一つもなく問題も生じず、順調に日々は過ぎて行った。ミシュエルは仲間と、ほんの少し距離感が縮まっているようだ。

大食い団の愛らしさとラッミスの人懐っこさが功を奏した結果だろう。と言っても、まだまだ他人行儀で、素の状態で会話したことは一度もない。

正直なことを言えば、コミュ障を治してやりたいという感情と、ラッミスとヒュールミとあまり親しくなり過ぎて欲しくないという感情が入り混じっている。

嫌だな、この気持ち。はぁー、自動販売機のくせして嫉妬するなんておかしいだろ。

そんなミシュエルにばかり注意がいっていたのだが、今日はラッミスの調子がどうもおかしい。目が虚ろで足取りが重い。歩いているのが精一杯に見える。

「おいおい、どうしたんだラッミス。体調が悪いなら、ハッコンと一緒に荷台に乗りな」

「いらっしゃいませ」

うんうん。急ぐ任務じゃないのだから、無理する必要はない。

荷台から身を乗り出しヒュールミが手招きしている。彼女は運動能力に問題があるので、あの場所が定位置なのだが、ラッミスは一度も荷台に乗ったことがなかった。

「んー、大丈夫だよ。元気いっぱいだよー」

手を挙げてアピールしているが大丈夫には見えないのだが。いつもの元気はつらつな笑顔に影が差しているぞ。

しかし、急にどうしたのだろう。風邪ならくしゃみや咳の一つもしそうなものだが、鼻づまりすらしていない。たまに下腹部を擦っているので腹痛なのかもしれない。うちの商品で食あたりはあり得ないよな。なら、なんだ？

「ラ、ラッミスさん、無理をしてはいけません。ここは体を休めた方がいいです」

「えっ、ひゃっ！」

ミシュエルがラッミスを背負おうとしたので、ダンボール自動販売機に変化しておいた。

これで彼でも運べるようになり、軽い足取りで荷台まで運んでいく。

うむぅ、いつも背負ってばかりのラッミスが背負われている。あーまた、もやっとした気持ちがむくむくと湧き出てきた。気遣って親切にしているミシュエルの行為を素直に受け取れないなんて、最低だぞ。

「ハッコンさんは思ったより軽いのですね」

いやいや、俺がダンボールになっているからだよ。いつもの自動販売機だと、今頃地面に埋まっている。

ラッミスは抵抗しようとはしているのだが力が入らないようで、そのままひょいっと荷台に置かれた。強く反論する元気もないようで、諦めて座り込んでいる。

俺に手足があれば、その役目は俺だったのかな。人間に戻ること……本気で考えた方がいいかもしれない。

「ヒュールミさん看病お願いしていいですか」

「おうさ、任せな」

面倒見のいい彼女に任せておけば安心だろう。

ヒュールミは俺を背中から取り外すと、荷台の外にそっと置いてくれた。元の自動販売機に戻って、一応スポーツドリンクの差し入れだけしておこう。

取り出し口に落とすと、ミシュエルが即座に反応して「ハッコンさんからの差し入れのようです」と荷台の隅に置いてくれた。

気も利くし、見た目がイケメン。うむ、俺が勝てる要素が全くない。

「ったく、相変わらず限界ギリギリまで無茶しやがるな。服脱がして着替えさせるぞ」

「い、いいよ。自分でするから……」

「ヘロヘロな状態で格好つけるんじゃねえよ。人の親切は素直に受け取るもんだぜ」

どたどたと抵抗する音が響いてくるが、聞いている限りではヒュールミが優勢に事を運んでいる。本当にかなり弱っているようだ。暫くは安静にしてもら――

「おおおっ！　って、血が出てるじゃねえかっ！　馬鹿野郎！　何で黙ってい……い……あっ！」

えっ、出血!?　何処か怪我していたのか！　くそ、ずっと背負われていてなんで気づかなかったんだ、俺は！

「あ、あ、あ、あ」

ヒュールミの驚いた声に続いて、ラッミスの「あ」だけをひたすら繰り返す声が届いてきたが、痛がっている素振りはなく、顔面が真っ赤だぞ。

「ラッミス、この血は生理かっ！」

「もううう、ばかあああぁぁ！」

大声でなんてことを口走ってんだ、ヒュールミ。ラッミスが絶望的な悲鳴を上げているじゃないか可哀想に。

ミシュエルが目を逸らし、口に手を当てて驚いているが、俺としては急に弱々しくなったことに納得がいった。

月一ぐらいでこんな調子の日が今までにもあったな。気づいてあげられなくてゴメン。

リアルとファンタジー

「セイリって何？　食べ物？」
「何だろう、ボクも聞いたことないな」
「女が関連するみたいだが、スコ知っているか？」
「ええとね、人間とか猿系の種族女性に多いんだけど、下腹部から血が出る女性特有の症状らしいよ」

大食い団が集まって、ひそひそと小学校高学年の男子みたいな会話をしているな。

そういや、人間と一部の動物以外は生理がなく、あったとしても軽いって聞いたことがある。彼らにとっては馴染みのないことなのか。

「ったく、無茶しやがって。ラッミス、生理は重い方だったろ。あーあ、下着も布も血塗れじゃねえか。こういうのは綺麗な布に替えないと病気が怖かったりするんだぞ」
「あうっ、はい……」
「別に恥じることじゃねえ。もっと大事にしようぜ」

何をしているのかは見えないが、声だけでもヒュールミがてきぱきと処理しているのが伝わってくる。会話を聞いているだけでも、悪い事をしているような気がして落ち着かない。

こういうのって男は弱いんだよな、口を挟むわけにもいかないし。力になれることは……清潔なタオルの提供と後は、あー、そういや、あるな。

俺は機能から〈手動サニタリー用自動販売機〉を選び出し、フォルムをチェンジさせる。清潔さをアピールするかのような純白の体に変化し、かなりスリムにもなった。この自動販売機は手動という名の通り、電気を必要としないタイプで硬貨を入れてレバーを捻ると商品が出てくるようになっている。

この自動販売機で売られている商品は主に二つ。ナプキンとマスクだ。ポケットティッシュも売っているバージョンもあるらしい。

女性ならデパートや駅構内や学校等のトイレで見たことがあるのではないだろうか。男性でこれを見たことがある人は少ないと思う。

じゃあなんで、自分で購入したことがある物しか商品として選べないという縛りがある俺が、商品を提供できるのか……い、いや、別にやましいことは何もない。

親戚が清掃業をしていて、学生時代に何度かバイト経験があるだけだ。その際に女性トイレの清掃もあって初めて見る自動販売機に、中身も知らずに興味本位で購入した過去が。

って、それは今どうでもいい。

「あれ、ハッコン急にどうした。細くて白くなったな。今、変化したって事は何か意味があるってことか。硬貨入れてみるぞ」

ラッミスやヒュールミ相手だと意思の疎通が楽で本当に助かるよ。

レバー捻って商品を取り出し、じっと見つめていたようだが、よくわからなかったようで首を傾げている。

「へえ、変わった物だな。この透明の袋はいらねえな。妙な肌触りの布……いや、紙か？」

考察しながら弄り回し、現状から俺が何をしたいのかを理解してくれたようで、失敗を繰り返しながらもなんとか使えたようだ。

「これスゲエな、凄まじい吸水率だぞ。これならダバーッと出た日も安心だな」

新たに購入したナプキンにペットボトルの水を吸い込ませて感心している。

生理もリアルな問題だよな。ファンタジー作品で女性冒険者とかを多く見かけることがあるが、実際は陰で結構苦労していそうだ。

本当に異世界に転生しなければわからなかったことか。

「血塗れのズボンと下着はハッコンに水出してもらって洗うか」

「あ、私が洗っておきますよ」

「いや、それは流石にまずいだろ。一応ラッミスも女だからな、オレがやるぜ」

「一応じゃないもん……」

荷台の傍に置かれた俺は、少しも嫌がることなく汚れた下着とズボンを受け取ろうとしたミシュエルを見て、感心していいのか非難すべきなのか判断できないでいた。男なら少しは抵抗が有るものなのだが。

血のシミは落としにくいと聞いたことがある。そこで新たな機能を追加した。

これは前々から取ろうと思っていたのだが〈コイン式全自動洗濯機乾燥機一体型〉へと変化する。これはコインランドリーに置いてある、扉の洗濯機だ。

荷物になるのでハンターは予備の服を持つとしても一着ぐらいで、不衛生な格好が日常なのが気になっていたのだ。こうやって魔物討伐中や依頼中でも洗濯が出来れば喜ばれるのではないかと考えていた。

取り敢えずパカッと丸い扉を開けて、ここに放り込んでくれアピールをする。血の付いた下着を手洗いさせるのには抵抗があるからね。

って、冷静になったらこのシチュエーション危なくないか。俺は女性の服や下着を体内に入れて洗うということになるのか……。あ、いや、機械だからやましい気持ちもないし、変態でもないから問題ないよな、うん。

「不思議な形に変化したけど、なんだろう」

「ハッコンはその中に汚れ物を入れろと言ってるのか？」

「いらっしゃいませ」

「んじゃ、マジで入れるぞ？」

「えっ？　ハッコンの中にうちの下着を？」

ラッミスの戸惑う声が聞こえてくるが、ほら、俺は機械だから気にしなくていいよ。

今回は試運転も兼ねて無料でご奉仕だ。洗剤自動投入装置も付いているので放り込んだら、後は待つだけ。一応、洗い方や時間設定もできるのだが、そっちの操作は全て俺がやっておこう。

ミシュエルは洗濯を見ているのが楽しいらしく、ガラスに顔を近づけてじっと中を覗き込んでいる。そんな彼を見て大食い団も好奇心が刺激された様で、全員で洗濯物がぐるぐる回っているのを見つめている。なんだ、この状況。

洗濯機の性能では三十～四十分かかる筈なのだが素早さを上げているので、十分程度で終了した。素早さ上げて正解だったな。二時間しか変化できないので、時間の短縮が無ければ多用できない機能だ。

終了を伝える音が流れると大食い団が後ろに跳び退り「ヴアアアアアッ！」と驚いている。あの叫ぶ姿にも慣れてきた。

扉を開けると躊躇いがちにヒュールミが手を突っ込んで、洗い立てのズボンと下着を取り出し、天に掲げた。荒野を吹き抜ける風に下着とズボンがそよいでいる。

ヒュールミ、そんな堂々と下着を出したらダメだって、ラッミスが荷台で恥ずかしがってバタバタしているよ。

「これは凄い、真っ白ですよ！」

洗濯物を見てミシュエルのテンションが上がっている。

洗濯機になった俺の体をがしっと掴むと、身体が激しく揺さぶられた。あれ、予想以上に食いついてきているな。

「これは他にも汚れ物を洗いましょう！　私も鎧以外全て放り込みます。皆さんも、汚れ物を出してください！」

俺が止める間もなくバックパックから洗濯物を取り出し、洗濯機に放り込んでいく。ヒュールミなんて荷台の中で服を脱ぎ捨て、下着一枚の格好で荷台から顔を出して洗濯機の中に洗濯物を放り投げている。

一応体に毛布を巻いているが、ミシュエルを異性として見てないみたいだ。

大食い団はミシュエルにジャケットを剝がれて靴を履いただけの姿で、呆然と突っ立っていた。状況についていけてないな。

ジャケットって水洗いしても大丈夫なのかな。一応、細心の注意を払っておこう。

「いいですよね、汚れが取れていく過程というものは。部屋の掃除もそうですが、衣類が綺麗になるのが一番気持ちいいと思いませんか。私の家ではメイドがいて滅多にさせてくれなかったので、今、凄く楽しいですよ」

ああ、だから、あんなに目を輝かせて洗濯機の中を見つめていたのか。喜んでくれたのなら何よりだ。さっきの発言でメイドが家にいるという事実が判明したのだが、彼はそれなりに身分の高い人間ってことだよな。

しかし、真面目そうなミシュエルしかいないとはいえ、若い女性が下着姿で健康的な身体を晒しているというのは、どうなのだろうか。ラッミスも今半裸状態だよな。体調が悪くて気づいていないだけみたいだけど。

ミシュエルは荷台の中が見えない位置に陣取っているが、俺の場所からだと彼女たちの姿が良く見える。

折角だから、彼女たちの下着姿を観察してみるか。これで彼女たちのセンスがわかれば、今後の商品展開にいかせるかもしれないからな。下着も商品であるので、いずれシャーリィさんに売ることもあるだろう。目的はそれだけで、他に深い意味は無い。下心とかは全く無い。微塵もない。

まあ、観察といっても現代日本とは違って下着も凝ったデザインではない。

胸元はブラジャーというより青い布を巻き付けているだけだな。

ラッミスの小柄な体にしては凶悪すぎる二つの大きな球体が、重力に負けて胸部で押し潰されている。いつもは革鎧で圧迫されているので、ここまで強烈な印象を与えないのだが、薄着になった時の破壊力が半端ない。仰向けだというのに、その大きさが尋常ではない事が一目でわかる。

「ラッミス、また胸デカくなってないか」

「そう……かな。よくわかんない」

ヒュールミはまじまじと、弱っているラッミスの胸を観察してから、自分の胸元に視線を移し「はっ」と疲れたように息を吐いた。

そんな彼女の胸部には黒い布が巻かれているだけで、まっ平らに近い。肉厚で形のいいお尻をしているのだが、女性としては胸の方が気になるようだ。

個人的には大きくても小さくても問題ないのだが、男の本能としては胸の大きな女性には思わず目がいってしまうからな。そりゃ、女性も気にするか。

この状況、男性なら興奮して喜ぶべきなのだろうが、自動販売機の俺にどうしろと。いや、今は洗濯機か。この姿で性欲を持て余しても困るから、文句を口にするのもおかしな話だ。

洗濯と乾燥が終わり、洗い立ての洗濯物を着込んだ全員が、ほのかに香る洗剤の香りと肌触りに満足している。

「では、今日は一日休息ということでどうでしょうか」

「だな。まだ昼過ぎだが、たまにはいっか」

ラッミスの体調を気遣って今日一日は動かない事に決めたようだ。大食い団は大地に寝そべり日向ぼっこをしている。

ミシュエルは洗濯への欲望がまだ消えてないようで、荷台の幌を外して洗えないか考え込んでいる。ヒュールミは荷台で時折、眠っているラッミスの体調を窺いながら何かの本を読んでいるようだ。

じゃあ、俺は何をしようかな。取り敢えず、洗濯機からいつもの自動販売機に戻っておこう。あっ、ミシュエルが露骨に残念そうな顔をしている。

そういやポイントに余裕がある今の内に、ステータスの変化が何に影響を及ぼすか試してみるのもありか。

自動販売機のステータスには耐久力、頑丈、筋力、素早さ、器用さ、魔力がある。耐久力と頑丈は今更検証するまでもない。素早さは、あらゆる動作の速度が上がるので、これからも上げることがありそうだ。

さて、問題は残りの筋力、器用さ、魔力なのだが、魔力はPTを消費しても上がらないようなので除外する。

となると筋力なのだが自動販売機の筋力ってなんだ？　今のところパワーが必要な自動

販売機の形態は存在しない。手足が生えたり自力で移動できるようになれば、必須の能力なのかもしれないが。今のところ使い道は無いと思う。

残りの器用さは……よくわからない。精密動作が可能になるって事なのだろうか。今のところ精密動作が必要な機能が見当たらないし、これも上げる必要性を感じない。

両方10上げるには１万ポイント必要なのだが、使い道が不明な能力に費やすのは勿体ないよな。

結局、考察したのみで能力を上げることなく、一日が過ぎていった。

「みんなごめんね、迷惑かけちゃって」

朝になると顔色がかなり良くなったラッミスが開口一番、お詫びの言葉を口にして、深々と頭を下げた。

みんなで朝ごはんの準備をしていたのだが、荷台から降りてきた軽装のラッミスに駆け寄ってくる。

「おっ、もう体調はいいのか。あんま無理すんなよ」

「え、ええ、無理はなさらないでください。ハッコンさんに新鮮なハエロワサエ出してもらいましたので」

ちなみにハエロワサエとはほうれん草のことだ。野菜も日本と変わらないものが多いのだが、ネーミングだけは全く違う。それと缶詰のぶどうパンも渡しておいた。鉄分といえばレーズンだと聞いたことがあったので。

「みんな、体調崩していたの黙っていてごめんね」

「あの血の臭いがそうだったんだね。生肉隠しているのかと思っていたよ」

ミケネが首を傾げながら言い放つと、仲間たちも同じらしく頷いている。タスマニアデビルの嗅覚が鋭いのは知っていたが、生理の臭いを嗅ぎ分けられるとは思いもしなかったな。

「ハンター稼業はただでさえ女が不利なんだ。急ぎの仕事じゃねえんだ。無茶すんなよ」

「そ、そうですよ。困った時はお互い様です」

「ありがとう。反省します」

あれ、まだ若干挙動不審だが、いつものイケメンモードでもないのに会話が成立している。コミュ障を発動させる暇もなく慌ただしく世話をしたり、衣類を洗濯したことにより、心の垣根が少し下がったのか。

三人のやり取りを眺めながら、一つ気づいたことがある。もしかしてミシュエルのハーレムパーティーに見える状況ではないのか。美女二人と癒し系獣人。俺は自動販売機だから魔道具という立ち位置か。

自動販売機が無ければ、ファンタジーにおける理想のパーティーかもしれない。

◆

少しずつ打ち解けてきたミシュエルは一緒に食事も取るようになり、それから一週間も過ぎるとすっかり馴染んでいた。

コミュ障が改善されつつあるのは喜ばしいことだ……うん。

「しかし、ハッコンさんは、とても優秀な魔道具ですね」

「そうだよね。ご飯も飲み物も美味しいし、便利な道具いっぱい出してくれるし、結界で守ってくれるし、すっごいんだよ！」

そんなにべた褒めされると照れるな。俺に気を使っている訳じゃなくて、本音で言っているのがラッミスらしさか。

「私も色々と魔道具を目にしてきましたが、このような魔道具は初めてですよ」

「そうだろうな。オレの知りうる限りだが、文献にもハッコンと同様の魔道具の存在は記載されてないぜ。ハッコンが喋れたら、情報を得ることもできるが……ない物ねだりをしてもしゃーねえな」

「それでも、意思の疎通が可能なだけでも凄いことですよ。ですよね、ハッコンさん」

「いらっしゃいませ」

ミシュエルにも好意的に受け入れられているようで何よりだ。

ラッミス、ヒュールミとの距離が近くなったことで、色恋沙汰に発展するのではと勘ぐってしまいそうになるが、そんな気配はまるでない。

片方がイケメンで二人は美女。絵にはなるのだが、お互い興味が無いようだ。どちらとも既に心に決めている相手がいるのか？　そう思ってしまうぐらい、色気のない日常会話を続けている。

外周の調査に出てから二週間以上が過ぎているのだが、ラッミスが体調を崩したこと以外に変わったことはなく、他の生物に出会うこともなく、そろそろ一周し終えるらしい。

迷路の外壁にほころびも傷もなかったので、ただの安全確認で終了しそうだ。ヒュールミの計算によると、あと三日もすれば迷路階層の集落にたどり着くそうで、危険もなく無事に終えられそうでなによりだよ。

食事はかなり安値で提供したのでポイントは殆ど増えていないのだが、50万もポイントは残っているのだから焦る必要はない。

三人は楽しそうに談笑をしている。漆黒の鎧を着込んでいるので、パッと見はイケメン戦士といった感じなのだが、じっと観察をするとミシュエルの腰が低いので、二人の姉に従う弟の様に見えてきた。

この旅で色恋沙汰に発展することもなく、仲がよくなっただけか。

そういえば姉がいると口にしていたから、元々、弟気質なのだろう。あの頃の年代なら女性に興味があって当然なのだが、今日までそんな素振りを一切見せていない。

普通は下心がなくてもラッミスの見事な胸を目の当たりにしたら、自然と視線が惹きつけられるものなのだが、それもなかったな。

彼の自制心には感心させられる。

「んっ……みんな止まって！」

先行していたミケネが足を止め、牙を剝き出しにして荷猪車を停車させた。

よく見ると他の大食い団の面々も表情が引き締まり、匂いを嗅いでいるのか鼻をぴくぴくさせている。

「ペル、匂いを感じるかい」

「ええとね、少し先から人の匂いが流れてきているよ。体拭いたりもしてないのかな、かなり臭いなぁ。人間の男が四、五人ぐらい。他の動物も魔物もいないみたい。ショートは聞こえる？」

「ああ、何を話しているかまでは聞き取れないが、男の声っぽいな」

ペルは嗅覚が鋭く、ショートは聴覚が優れているようで、二人の意見にミケネが耳を傾け頷いている。

「ヒュールミ。何が目的かわからないけど、この先に人間が五人程度潜んでいるみたいだよ」

「マジかミケネ。ハンターが外周にいる……わけねえな。生物が存在しない荒野をうろつく理由がねえ。好意的に捉えるなら、熊会長からの使いだが……」

「何か急用があるのかな？」

俺たちの力が急に必要になった、という展開はあるかもしれない。しかし、急ぎの用なら人間だけで来ることは無いよな。普通、荷猪車や馬がいるのかは知らないけど、そういった移動手段を利用する。

それに、危険のない荒野で用件を伝えるだけなら、四、五人もいらない。なーんか、胡散臭くなってきたぞ。

「あー、ちとヤバそうだな。徒歩でおまけにそんな人数で用件を伝えに来る訳がねえ。寂しがり屋か超慎重なやつでもない限りな」

ヒュールミは俺と同じ意見か。もし敵対する存在として仮定するなら、狙いは魔道具である俺。もしくは、ラッミスやヒュールミは美人だから奴隷狙いの人身売買。

そういや、大食い団の面々は希少な種族で黙っていれば愛らしいので、一部の好事家に人気があるそうだ。もちろん、非合法な意味で。

思い当たるのはそれぐらいか。人気のないこの階層では人攫いをしたところで、迷路で死んだことにすれば怪しまれない。転送陣をどうするのかという疑問はあるが、裏道があるのかもしれないな。

「皆さん、申し訳ありません。待ち構えている人物ですが、私の関係者の可能性が高いです」

ミシュエルが表情を曇らせ苦々しげに口にした。

まさかの、そっち関係だとは。まだ確定ではないだろうが狙われる心当たりがあるってことだよな。

「ここは私だけで向かいます。ご迷惑をおかけするわけにはいきませんので」

きりっとイケメンモードになったミシュエルが、返事も待たずに歩き始めるが——その肩をラッミスが掴んだ。

「まだわからないでしょ。それに、危険なら一人で行かしたりはしないよ」

「放してください。私と共にいたら命の危険が」

その手を振りほどこうとしているようだが、鎧の肩当てをがっしりと掴んだラッミスの怪力から逃れられるわけがなく、親から逃げようとして暴れている子供のようだ。

「落ち着けって。お前さんが何故狙われているのか事情を教えてくれる気はあるか？」

「ないです」

ヒュールミの問いに、きっぱりと否定した。その切り返しは、何か秘密があると言っているようなものだ。

複雑な家庭の事情でもあるのだろうか。ただのコミュ障なら問題はない……いや、あるけど、そこまで深刻になることもないのだが、もう一つの隠し事が大問題っぽいな。

「オレたちの身を案じてくれるのはわかるが、心配は無用だぜ。ハッコンがいる限りはな」

「そうだね。ハッコンの傍にいたら、怪我の心配もないし」

全幅の信頼を寄せてくれている二人に掛ける言葉は決まっている。

「いらっしゃいませ」

近くにいてくれるなら〈結界〉で絶対に守ってみせる自信はある。

そんな俺たちのやり取りに納得がいかないようでミシュエルは口を噤んだまま、半眼で睨んでいる。やはり、論より証拠か。

背負ってくれているラッミスごと〈結界〉で包む。

「この青い光は一体……」

「これはねハッコンの加護らしいよ。〈結界〉って言うんだって。あらゆる攻撃を弾く、無敵の壁なんだ。階層主の攻撃だって防いだみたいだよ」

あ、ミシュエルの眉根が寄った。胡散臭い物を見るような目で、じっと見つめられているのですが。まあ、信じられないのが当たり前か。

「信用できない気持ちはわかる。試しに全力で斬りかかっていいぜ。お前さんの攻撃が全く通らなかったら、オレたちも同行させてもらうってのはどうだ」

「本当ですね。防ぐことが叶わなければ、絶対に後を追わないと約束できますか」

目つきが鋭くなり、キュッと空気が引き締まったかのような雰囲気を彼から感じる。ミシュエルは俺たちが憎くて言っている訳じゃないのは、重々承知している。危険から遠ざける為に冷たい態度を貫いているのだろう。

だけど、ラッミスは自動販売機を拾って運ぶ、お人好しだぞ。そんなことで折れるような彼女じゃない。

「うん、いいよ。もし、その大剣が少しでも結界を貫いたら。うちらはここで一日大人しくしておく、誓うよ」

彼の凍てつく視線に動じることなく、ラッミスは見つめ返している。

その目から強い意志を感じ取ったのだろう、ミシュエルは背中の巨大な鞘から、大剣を抜き放った。柄は凝った作りで竜の胴体に見える彫り込みがされているのだが、握りしめた手の先には鍔代わりの竜頭があり、その大きく開かれた顎から半透明の赤い刀身が伸びている。まるで暗黒の竜が灼熱の炎を吐き出しているかのような、見ているだけで圧倒される迫力がある。これは〈結界〉の張り甲斐がありそうだ。ラッミスの期待に応える為にも、決して貫かせはしない。

「遠慮なくいきます」

刀身を肩に担ぎ、腰を落としている。構えカッコイイな……と呑気な感想を抱いている場合じゃないか。さあ、こい、どんな一撃であろうと〈結界〉が防いでくれる！　頑張れ〈結界〉！　負けるな〈結界〉！

……盛り上げてみたが、なんというか〈結界〉に頼り切りな自分が、少しだけ恥ずかしくなってきたぞ。

「はあああああっ！」

鋭く吐き出された呼気、振り下ろされる赤い刃、切っ先が少しめり込む程度の軌道で刃が迫ってくる——と思った時には既に刃が〈結界〉と激突していた。

《ポイントが500減少》

おおおっ！　完全に弾き返したが〈結界〉の強度を超えた分をポイントで消費する表示が出た。階層主の八足鰐の体当たりでも1000ポイント追加で消費したが、ミシュエルの攻撃は、あの体当たり半分ぐらいの威力があったことになるのか。

凄まじいな。この破壊力尋常じゃないぞ。こうなると、ラッミスが全力で殴ったらポイント消費がどうなるのか調べてみたくなるな。

「防がれた……まさかっ、この邪竜の咆哮撃がっ」

弾かれた状態のまま放心状態で悔しそうに呟くミシュエル。今の一撃はお見事だったよ。まさか階層主の半分のダメージを与えられるとは思いもしなかった。

「ねっ、大丈夫でしょ。何があっても、うちらが傷つくことはないから」

「ってことだ」

約束は約束なので渋々ではあるが、ミシュエルが同行を許可してくれた。完全に敵前提で話が進んでいるが、これで無害な伝令役であれば、それに越したことは無いよな、うん。

追手

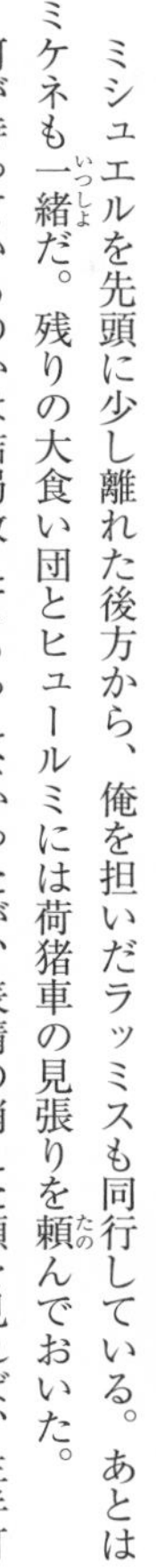

　ミシュエルを先頭に少し離れた後方から、俺を担いだラッミスも同行している。あとはミケネも一緒だ。残りの大食い団とヒュールミには荷猪車の見張りを頼んでおいた。

　何が待っているのかは結局教えてもらえなかったが、表情の消えた顔を見れば、生半可な相手が待っていないことぐらい馬鹿でもわかる。

「ハッコン、いざという時はお願いね」

「いらっしゃいませ」

　本当はラッミスにも控えておいて欲しかったのだが、ミシュエルが俺を担いでいくわけにもいかないし。こうなったら俺は全力で彼女を守るだけだが、一体どんな相手が待ち構えているのか。

「ラッミス。男の数は五だよ。やっぱり、ミシュエルを狙っているみたいだね」

　鼻と耳をぴくぴくとさせながらミケネが断言する。距離が近づくと嗅覚のみでそこまでわかるものなのか。相手の姿は進路方向に薄らと見えてきてはいるが、人数を正確に確認するのは難しい。

「前方の三人はかなり腕が立つようです。残りの二人は魔法、もしくは四属性かその類いの加護使いかもしれない」

ミシュエルの表情と口調が男前になっている。スイッチが入りっぱなしのようだな。

「もしかして、ミシュエルは気配が読めるの？」

「ええ、ある程度ですが」

気配が読み取れたら便利だな。自動販売機である俺は一生取得できるとは思えないけど。加護や機能に気配察知とかあったら面白そうだ、今度探しておこう。

さて、問題はここからだ。ミケネにも〈加護〉の効果は伝えられているから、離れることは無いと思うが、いざとなったら逃げ足の速さでなんとでもするだろう。

ただ、ミシュエルが大人しく俺に守られるとは思えない。重大な秘密を抱えているようだが、それが今回の一件で判明するかもしれないな。

確かな足取りで進む一行の前に、五人の男たちが姿を現した。

一人は頰に刃物傷があり、いかにも歴戦の戦士といった雰囲気を纏っている。あれがリーダーっぽいな。三人は鋼色の全身鎧に盾とメイスという重装備。

残りの二人は先端に巨大な水晶のような石を取りつけている両手杖を持ち、フードを目深に被った理想的な魔法使いといった感じだ。

前衛三人の装備が清流の湖階層ではあまり見かけない格好だな。湿気の多い階層なので金属鎧に適していないというのもあるのだが、鈍器をメイン武器にするハンターは少なく、前衛三人全員がメイスというのは珍しい。

「ミシュエル様ですな。お命頂きに参りました」

「やはり、そうか。誰の手の者だ」

「それは言わずともご承知では」

「違いない」

不謹慎だとはわかっているが、雰囲気のあるやり取りだな。時代劇でこういうの見たことあるぞ。でも、自己完結せずに詳しく説明して欲しいというのが本音だ。

「ところで、そこの獣人と……少女はお仲間ですかな」

刃物傷がある戦士の視線が一瞬だが俺を見て停止していた。理解できないと即座に判断して、思考を止めたようだ。

「仲間ではない。共に依頼を受けただけだ。私を狙うのは構わないが、二人と一台に手を出すことは許さないぞ」

俺を勘定に入れてくれるのか。

ミシュエルの発言にラッミスの頬が緩む。自動販売機である俺も含めてくれたことが嬉しかったみたいだな。

「そうですね。その首を大人しく差し出して頂けるなら、手を出さないと誓いましょう」

心底、胡散臭い発言だ。手を出さないと言って、手を出さなかった前例を見たことが無い。ミシュエルを手にかけたら、その情報が漏れるのを嫌って目撃者も殺すというのが定番中の定番だろう。

「それを信じろと？」

「どう判断するかはご自由に。さて、ミシュエル様はどうなさいますか」

「答えは決まっている。貴様らを倒し、彼女たちも傷つけさせない！」

理想的な英雄像だ。見た目が良いから様になっている。これが自動販売機の発言だったら鼻で笑われて終わりだぞ。

とまあ、傍観者として楽しむのはここまでにしよう。いつでも〈結界〉を発動できるように集中しておかないと。

「ご立派ですな。崇高な思いを胸に抱いたまま、荒野に散っていただきましょう」

敵側が構えに入った。ミシュエルの破壊力はこの身で受けて知っているが、攻撃力がずば抜けているからといって、対人戦で勝てるかどうかはまた別の話だ。

ラッミスは破壊力ならケリオイル団長を圧倒できるが、手合わせした時にいとも容易く完封されていた。「力に技が伴って初めて戦力となる」と、それっぽいことを団長が口にしていたのを覚えている。

彼らも厄介だが、一番の問題は後方に控えている魔法使いっぽい二人だ。戦士は魔法に弱いってのがゲームでは常識だが、この異世界でも当てはまるのか。

どっちにしろ、このまま大人しく待ってやる義理は無い。

俺は〈高圧洗浄機〉にフォルムチェンジをする。この姿を見て直ぐにピンときたようで、ラッミスは俺を背負ったままノズルを引き抜いて構えた。

これの扱い方は炎飛頭魔で実習済みなので問題なく操れるだろう。腰だめに構えるとレバーに指を添えている。

「ミシュエル、後ろのは任せて！」

相手の返事も待たずにラッミスが突っ込んでいく。ミケネも慌てて追従しているな。不意打ちが怖いから、予め〈結界〉を張っておくか。

「なんだ、あの青いのは。お前らは先にそっちを始末しておけ」

魔法使い風が二人こちらに杖を突きつけている。ふと思ったのだが……魔法とかも防げるよな？　物理攻撃だけじゃなくて炎や熱も防げたから大丈夫だとは思うが……えっと、いけるよな!?

そんな俺の内心を考慮してくれるわけもなく、杖の先端から炎の球と石礫が横殴りの雨となり襲い掛かってきた。

俺を完全に信じ切っているラッミスは、降り注ぐ炎と石の豪雨に頭から突っ込んでいく。

〈結界〉の半透明の壁に激突するが、その全てを弾き一発たりとも侵入を許していない。

よ、よっし、魔法っぽいのも防げるようだな。ほ、ほーら、大丈夫だった。ラッミス思う存分、暴れていいぞ。

俺という鉄の箱を背負ったまま、魔法らしきものを物ともせずに突っ込んでくるラッミスに敵が怯えている。腰が引けた状態で後退っていく。

「放水開始！」

三メートルにも満たない距離まで詰めると、レバーを引きノズルの先端から高圧力の水が噴き出す。

「なに、水操作系の加護かっ⁉」

当たっても少し痛い程度の威力しかないが、視界を遮り邪魔をするには充分だ。更に俺は水から洗車時のシャンプーモードに切り替えた。水の代わりに泡が噴き出し、相手の体を覆っていく。

「ぶはっ、な、なんだ、視界が！　目が痛いっ！」

そりゃ洗剤が目に入ったら痛いよ。泡塗れで暴れているが、濡れたローブが体に張りつきただでさえ動き辛いところに、洗剤で体が滑り豪快に転んでいる。

「あっ、なんか楽しい！」

水鉄砲で一方的に相手を完封しているようにしか見えないもんな、そりゃ楽しかろう。

ミケネが羨ましそうに見つめている。遊びじゃないぞー。

相手も反撃を試みているのだが〈結界〉が全て防ぎ、一方的な蹂躙――というか虐めじゃないかな、これ。

「何をやっているんだ貴様ら！」

怒鳴りつけているのはリーダーらしい刃物傷の男か。あっちの戦況は三対一だというのに、ミシュエルが相手の攻撃を凌いでいる。素人目でも襲撃者の動きにはキレがあり、剣捌きも巧みに見える。

それでも押し切れずに焦っているようだが、後衛が封じられていることを知り、相手の焦りが増して動きが乱れてきているな。

今度はすすぎモードで泡を洗い落としてやっているのだが、地面の砂と混ざり合い泥まみれの格好で転がっている。直接打撃を打ち込まれたわけでもないのに、息も絶え絶えだ。

そんな相手にミケネが突っ込んでいくと、手にした縄を器用に巻き付けていく。それだけではなく、口と目にも布を巻きつけている。

「見えなければ魔法も加護も思い通りの場所に発動できないからね。言葉が発動の条件になっている加護もあるから、仲間との連絡を遮るついでに」

ミケネはこういった相手への対応に慣れているようで、手際よく二人を無力化した。

「ミシュエル！　こっちは倒したよ！」

ラッミスが叫び伝えることにより相手の集中力が途切れ、あからさまに動きが鈍っている。その隙をミシュエルが見逃さずに三度大剣を振るうと、同時に膝から崩れ落ち地面に倒れ伏した。

「ありがとうございます。手を貸してもらえなければ危険でした。感謝しています」

深々と頭を下げるミシュエルに対し、ラッミスは「いいよーいいよー」と軽く返している。ミケネは縄を手にしたまま切り倒された三人に歩み寄り、脈や瞳孔を調べていたが首を横に振った。

殺したのか。相手が殺しに来ていたのだ、正当防衛としても当たり前の行為だ。頭では理解できているというのに、少しだけ心がざわつくのは、平和が約束された日本で生きてきた証拠のようなもの。

「そちらの二人は無力化してくれたのですね。尋問が可能か……助かります」

その瞳には熱が感じられず、冷淡な光を宿していた。

魔物を殺したラッミスには何も感じなかったくせに、彼に対してだけ少し恐怖を覚えるなんて身勝手過ぎる。ここは異世界だ、これぐらいで動揺していたら生きていけない。

清流の湖階層での暮らしが穏やかで快適過ぎたせいで、俺の認識が甘くなっていたのかもしれない。ここでもう一度、気を引き締めておくべきかもしれないな。

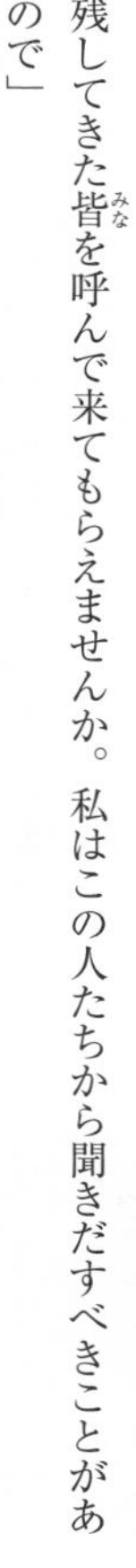

久しぶりの清流の湖階層で

「残してきた皆を呼んで来てもらえませんか。私はこの人たちから聞きだすべきことがあるので」

俺たちがいない内に尋問を終わらせておきたいのだろう。この場に居られると困る内容もあるようで、遠回しに立ち去れと言ってきている。

「わかった。じゃあ、ヒュールミたちを連れてくるね」

ラッミスは察しの良い子だからな。何も追及せずにミケネと一緒に背を向けて、その場から離れて行く。背中で揺られながら遠ざかるミシュエルを眺めていたのだが、一度こちらをチラリと見た時に見えた横顔は、無表情でその顔からは何も読み取ることができなかった。

「ミシュエルにも色々あるみたいだね」

「いらっしゃいませ」

「こういうのって、何処まで踏み入っていいのか悩むよね」

「いらっしゃいませ」

「今回のことも余計なお世話だってわかっていたんだけど、どうしても黙っていられなかったんだ。もう少し距離を置いた方がいいのかな」

ラッミスも色々考えているのだな。この問いにはどう答えていいのか俺にもわからない。鬱陶しいと思う人もいれば、聞いて欲しいと思う人もいるだろう。

彼は誰かを巻き込むことを恐れているようにみえた。相手を拒絶しているというよりは、被害が及ばないように気を使っているだけの気もする。

そんなことを考えている間にヒュールミたちが待つ荷猪車と合流し、特段急ぐことなくミシュエルの元へと向かった。

往復で三十分程度だったのだが、戻った時にはミシュエルが一人立ち尽くしているだけで、魔法使い風の二人は何処にもいない。彼が斬り捨てた三人の男たちの死体も――消え失せている。

逃がしたのかとも思ったが、注意深く地面を観察していると、薄らと焦げた跡が幾つかあった。それは人型のようにも見える。数は五。つまり、そういうことなのだろう。

「処分は済んだみたいだな。お疲れさん」

「連れてきたよー」

ヒュールミはここで何があったかを理解した上で、あえて気軽に声を掛けている。ラッミスも軽く手を振って深刻さを微塵も感じさせていない。

「お帰りなさい。私事に巻き込んでしまって、申し訳ありません」

「気にしない、気にしない。ハッコンなんて誘拐されたり、階層割れに落ちたり、いっぱい巻き込まれているもんね」

「ちげえねえな」

「ざんねん」

その節はお世話をおかけしました。

俺たちのやり取りを聞いて、ミシュエルの張り詰めていた表情がほんの少しだけ緩んだ。

「詳しい事情は明かせませんが、私はとある理由で命を狙われている身です。これ以上共に過ごすのは皆様の命に関わりますので、一足先に集落に戻り別の階層に移ることにします。今まで本当にお世話になりました」

「あ、ちょっと待って。訳ありで実力者なら、愚者の奇行団に入ったらどうかな。団長がそういった人材を探しているって言っていたよ？」

「そういや、そんなこと口走ってたな。実力があれば、素性なんてどうでもいい。むしろ、厄介事の一つも抱えてない奴は、うちの団には一人もいねえ。って自慢していたぜ」

まさかの勧誘だと。そういや、ケリオイル団長は、そんなこと確かに言っていた。「追手なんぞ返り討ちにするだけだ、いい不意打ちの訓練になる」とか平然と言いそうだ。肝っ玉大きいからなケリオイル団長。

「愚者の奇行団とは、あの有名なハンターチームですか」

「そうそう。みんな面白い人たちだよ。うちらも、たまに協力する約束しているんだ」

「まあ、難しいこと考えずに一度話を聞いてみたらどうだ。力を手に入れるには、いいところだと思うぞ」

「そう、ですね。一度、接触を図ってみます。では、またご縁がありましたら」

深々と頭を下げていたのだが、すっと背筋を伸ばして去っていく。去り際も様になっているのだが、風に乗って運ばれてきた彼の呟きを俺は聞き逃さなかった。

「愚者の奇行団って……知らない人がいっぱいいるところなんて……無理だよぉ」

あー、やっぱり彼にはハードルが高すぎたか。イケメンモードの時は頼りがいのある男なのだが、このギャップも彼の魅力だと思っておこう。

誰も止めることもなく、その背が見えなくなると俺たちも進行を再開した。速度を上げてミシュエルに追いついたら気まずいので、出来るだけ速度を落として、のんびりまったり揺られていく。

通常の倍以上の時間を掛けて集落にたどり着くと、空が夕闇に染まり始めていたので、慌てる必要はないと迷路階層唯一の宿屋で一晩を明かした。

「色々あったけど、ようやく清流の湖階層に戻れるね！」

翌日。転送陣の上に立つラッミスだけがハイテンションだ。ヒュールミは眠たそうに欠伸を噛み殺し、大食い団も眠たそうに目元を擦っている。

それもその筈。まだ朝日が昇り始めた早朝で、夜型と夜行性にはきつい時間帯だ。

昨日は、ハンター協会に異常なしと報告を終え、軽く説明するだけであっさりと任務は終了した。その後、俺から商品を大量に購入して、夜遅くまで騒ぎ今に至る。

「暫くは、のんびり研究したいところだぜ」

「大食い団はこれからどうするの？　清流の湖階層って今、仕事が一杯あるらしいから、食うのに困らないぐらいは稼げるらしいよ」

「じゃあ、暫く厄介になろうか。お腹いっぱい食べられるといいなぁ」

「水浴びしたいわ」

「熊会長が支配している場所だからな、悪いことにはならないだろう」

ヒュールミは当然なのだが、大食い団も清流の湖階層に住むらしく、これからも常連として期待できそうだ。

迷路階層を去ることになる訳だが、もう二度とここに来ることは無いだろう。大体、階層割れに巻き込まれていなければ、空から降ってくることもなかったわけだし。

新たな出会いもあったが、落ち着く場所はやっぱり清流の湖だな。一ヶ月近く離れていただけだというのに、かなり懐かしい気がする。

ハンター協会前のいつもの定位置で常連相手に早く商売がしたい。みんなもきっと待ち望んでいることだろう。購入した際のあの嬉しそうな顔を見るのが、自動販売機としての楽しみだから。

「じゃあ、帰るよー！」

ラッミスの声を合図に転送陣が職員の手により起動され、足元から溢れ出した光に包まれ、体が軽くなり浮遊感が生じた。

そして、一瞬だけふっと意識が途切れたかと思うと足元の光が消え、周囲の光景がガラッと変わっている。

さっきまでは六畳程度の木造の部屋だったのだが、今は巨大な石造りの部屋にいる。壁には魔道具らしき灯りが四隅に備え付けられ、窓が無いというのに魔法の光で視界は十二分に確保されている。

「清流の湖階層に着いたみたいだね」

清流の湖の転送陣はこんな場所に設置されているのか。人も多いし、物資の運搬もあるので部屋を大きくしていないと、色々困るのかもしれないな。

俺でも余裕を持って潜れる大きさの扉をラッミスが開け放ち、通路に出る。右側には扉が規則正しく並び、左側は大きな窓が取りつけられている。

通路は大人が四、五人横並びになっても問題が無いぐらい幅もあり、高さも三メートル以上は確保されている。窓から射し込む光からして清流の湖階層の空は晴天のようだ。

長い通路の先にはまたも両開きの大きな扉があり、押し開くとそこはハンター協会の一階ホールに繋がっていた。

ホールにはハンターの姿がなく、ハンター協会の職員が居るだけだった。

カウンターの向こうには職員のお姉さんがいつも通り並んで座っていて、俺たちの姿を見ると……なんで口に手を当てて驚いているんだ。

「あれっ、なんでハッコンさんがそこから？」

えっ、ああ、そうか。俺は階層割れから下に落ちたから、転送陣から戻って来たら変に思われて当然だ。驚いている理由はそれか。

「ハッコンは階層割れに巻き込まれて、迷路階層に落ちちまってな。オレたちで回収して戻ってきたんだぜ」

ヒュールミが即座に説明してくれた。これで、職員さんの疑問も氷解しただろう。

「あ、それは会長から聞いていますので、存じておりますが……」

あれ？　じゃあ、なんで驚いているんだ。知っているなら何も問題ないじゃないか。

「ハッコンさん、今朝といいますか、一週間以上前から集落内で商売していますよね？」

「えっ」

えっ。ラッミスとヒュールミの漏らした声と心の声が被さった。ど、どういうことだ。俺は今、帰ってきたばかりで、下の階層に落ちたのは一ヶ月ぐらい前だぞ。話が嚙み合っていない。どうやったってそんなこと不可能だ。

「ちょ、ちょっと待って。ハッコンはずっと迷路階層にいたよ？　一度もここには戻ってきてないよ」

カウンターに詰め寄り両手をついて顔を寄せるラッミスを、女性職員は手で制しながら営業スマイルを何とか維持している。

「と、申されましても、実際集落内でハッコンさんの姿をお見かけしましたし。ねえ」

「う、うん。私も昨日利用させてもらいました」

隣に座っていた職員もこくこくと頷いている。二人が嘘を言っているという訳ではなさそうだ。だが、しかし、そうなると俺の偽物というか類似品がいるということなのか。

「つまり、ハッコンの偽物が存在するってことだよな……これは由々しき事態だぜ」

「偽物……文句言わないと！」

憤るラッミスが今にも飛び出しそうだったので「ざんねん」と発言しておく。

「ハッコン、何で止めるの。偽物だよ。ハッコンの振りをして商売しているなんて許せない。ちゃんと苦情を伝えて止めさせないと」

その通りなのだが、相手が何を考えてそれをやっているのかが非常に気になる。俺がいなくなり、成り代わろうとしているのか。それとも、たんに真似をして儲けようと考えているだけなのか。

後者であるなら咎めるのはお門違いだろう。商売を真似るなんて、金儲けの基本だ。それに、どうやって自動販売機の機能を成立させているのか純粋に興味があったりする。

「落ち着けラッミス。相手の意図がわからない内は、迂闊な真似をしない方が良いぜ。熊会長に報告したら、一緒に偵察に行かねえか」

ヒュールミは俺と同意見か。彼女の場合は単純に学術的興味で提案しているようだが。

ラッミスは怒りがおさまらない感じではあったが、渋々ながら了承してくれたようで、取りあえずは全員で熊会長の部屋に向かうことになった。

熊会長は俺の探索で何日も仕事をさぼっていたツケが回ってきたらしく、こっちに戻ってきてからはずっと書類と格闘しているそうだ。

「会長ー入っていい？」

「ラッミスか。戻ってきたのだな。入ってかまわんよ」

扉の向こうから熊会長の覇気のない消耗しきった声が届いた。

開いた扉の先には机に山積みにされている書類を見つめ、うんざりした表情の熊会長がいた。あの熊の手で器用にペンを掴んでいるが、ちゃんと文字が書けるのだろうかと余計な心配をしてしまう。

「丁度、休憩しようかと思っていてな。ハッコン、冷たい飲み物を購入させてもらおう」

「いらっしゃいませ」

レモンティーを買うと、ソファーに深々と腰を下ろして中身を一気に飲み干した。疲労が溜まっているのが目に見えてわかるな。

「皆も座ってくれ。依頼の結果を伝えてもらえるか」

ヒュールミが代表して迷路周辺の状況を伝える。そして、少し迷っていたようだが、ミシュエルの事も隠すことなく口にした。

「ミシュエルか。優秀なハンターだとは聞いているが、誰とも組むことがないのは何かしらの深い事情があるようだな。心に留めておくとしよう」

まあ、コミュ障も原因の一つなんだけどね。

「でだ、会長。最近、集落にハッコンの偽物が現れているのは知っているか？」

「偽物だと。すまん、ずっとこの部屋に籠っていてな。世事には疎いのだよ」

「ハッコンに似せた存在がいるらしくてな、それを皆がハッコンだと思いこんでいる。ちょっと調べようと思うが、ハンター協会の許可は必要か」

「いや、好きにやってくれていい。他者……この場合は表現が難しいが、ハッコンは清流の湖階層の住人だ。住人の名を騙り、利益を得る輩がいるのであれば、それなりに制裁を加えなければならぬだろう。ハンター協会からの依頼として、その者の正体を見破って欲しい。ただし、暴力に訴えるのは無しで頼む。充分な証拠を摑んでからであれば、問題は無いが」

「うん、わかった。ちゃんと正体暴いて見せるよ！」

ラッミスが拳を握り締めている。会長が釘を刺してくれたので暴走はしないと思うが、まだ少し心配だ。

しかし、俺の偽物か……どんな相手なのだろう。ちょっと、どころか、かなり興味が湧いてきた。何が現れるのか、期待させてもらうとしよう。

大食い団は熊会長の元に残し、ラッミスとヒュールミが敵情視察に向かうことになったのだが、俺だって付いていきたい。

偽物に興味津々だからな。話だけではなく直接見たい。とはいえ、いつもの自動販売機状態で担がれては直ぐにバレてしまう。素性を隠したまま見に行くのが一番だろう。

ということで、〈ダンボール自動販売機〉になって大きめの鞄に入れられた状態で、ヒュールミが運ぶことになった。俺なりの変装なのだが実は二人も変装済みだ。

ラッミスはサイドポニーではなく髪を下ろし、つばの広く柔らかい素材の帽子を被っている。服装もカーディガンにロングスカートで日頃の活発な雰囲気は鳴りを潜め、まるで深窓の令嬢のようだ。

「へ、変じゃないかなハッコン。似合ってる？」

「いらっしゃいませ」

いつものイメージと正反対の格好だが、照れている仕草と相まって、とてつもなく可愛らしいぞ。防犯カメラで録画しておこう。

「化けたなラッミス」

そう言ってまじまじと見つめているヒュールミも見違えるようだ。

適当に縛っているだけの髪を三つ編みにして背中に垂らし、頭部が膨らんで見える前庇のついた帽子を被っている。

袖のない服を着ているのだが首はタートルネックになっていて、体のラインがわかる……胸に詰め物しているな。いつもより立派だ。下は太股剝き出しのローライズの短パンから、細く白い足がすらりと伸びている。

いつもの不健康で怪しげな格好ではなく、活動的に見える格好だ。

「ヒュールミの服はカッコイイね。ねえ、ハッコン」

「いらっしゃいませ」

「こういうのは、苦手なんだがな」

頭をぽりぽりと掻き、珍しく照れているようだ。いつも黒衣で肌の露出を控えているので、新鮮で魅力的に見える。実は黒衣を脱ぐと露出が凄いことになっているのだが、それを知っているのは一部の人間だけだ。

元が良いのだから、身だしなみにもう少し気を使えばモテるだろうに。

「じゃあ、偵察に行こう！」

「ああ、ち と恥ずかしいが行くか」

「いらっしゃいませ」

三人で集落内を歩いているのだが、さっきから男女問わず視線を感じる。

男はイイ女を相手にした時の欲情丸出しの視線なのだが、女性は見惚れているようで感嘆のため息も時折届いてくる。両方レベルが高いので人の視線を集めるのは理解できるのだが、偵察としては間違った変装だよな。

「ねえ、偽ハッコンのいる場所ってこっちで間違いないよね」

「ああ。場所は……ほら、前に鎖食堂があった場所の近くらしいぜ」

それを聞いた途端、嫌な予感がした。いや、予感と言うよりは確信に近い。というか、この話のオチが見えた気がする。

鎖食堂がこの一件に絡んでいるとしたら……決めつけは良くないな。まずは現場で情報を集めてから判断するべきだ。

大通りを進んでいくと、徐々に人が増えて行く。現在は昼前で、いつもはハンター協会前の露店に人が集まっているのだが、今日はあまり人がいなかった。こっちに流れてきているということなのだろうか。

元鎖食堂のあった場所を目視できる場所に抜け出ると、人が一列となって並んでいる姿が飛び込んできた。最前列に見えるのは、巨大な白い箱だった。どうやら、あれが俺の偽物らしい。この距離では詳しい形状もわからないな。

商品を求めて並んでいる人数は十名ぐらいだろうか。他にも二十名近くが、屋外に設置されているイスとテーブルで食事をしている。

「後ろに並ぶぞ」

「うん、わかった」

最後尾に着き順番が回ってくるまで辺りを観察することにした。偽物は元鎖食堂の壁に背を預ける形で立っている。鎖食堂は経営を再開しているわけでもなく、店は閉まったままだ。

徐々に近づいてきてわかったことなのだが、あの偽物は俺より二回り以上デカい。高さは二メートルをゆうに超え熊会長に並ぶぐらいか。幅や奥行きも俺の二倍ぐらいあるぞ。

色合いやデザインは俺に近づけているようだが、何処かチープな感じがする。手作りで頑張っている感じは伝わってくるが、誰かが俺を真似て作ったのは間違いなさそうだ。

「っと、ようやくオレたちの順番か」

鞄の上部から少し顔を出しているので良く見えるな。やっぱり、俺のデザインに酷似している。だが、並んでいる商品が全く違う。

陳列されているのは二段で一番上は飲料がずらりと並んでいるのだが、容器が全く違う。全てガラスで蓋はコルクで栓をされている。スイッチの上にこの世界の文字で商品名が書かれているようで、そこは俺よりも親切設計のようだ。

「甘いお茶と水、それに果汁を搾った物のようだぜ。値段は一銀貨ってところだ」

ヒュールミが小声で俺に情報を伝えてくれている。値段も以前の俺と合わせているのか。

飲料はこの世界で用意できる物で揃えているのだな。

「下は食べ物なんだね。肉の揚げたものと、パスタと、具材をパンで挟んだのもあるよ」

二段目は食べ物で揃えていて、から揚げ、ラーメンもどき、サンドイッチ、あとはおでんっぽいのもあるな。凄く頑張っているようだが、これ本当に購入できて温かい状態で提供できるのか？

「んじゃ、飲料と食い物一個ずつ買ってみるか」

ヒュールミが銀貨を投入口に押し込む。あの形も俺とほぼ同じだな。銀貨が入ったがスイッチが点灯することもなく、これって購入できるかどうかわかりにくいよな。

「銀貨が一枚入りました」

うおおっ！　自動販売機から声が聞こえた。え、この世界の技術で音声再生が可能なのか。ヒュールミが研究中で実用化はまだ難しいって言っていたのだが。

「音声機能か……にしては」

二枚目の銀貨を投入すると、

「銀貨が二枚入りました」

再び声がする。今度は落ち着いて耳を澄ませていたからわかったのだが、若い男性の声で録音されたものとは思えない生々しさがある。

首を傾げながらヒュールミが更に三枚目を入れた。

「銀貨が三枚入りまっ……ごほんっ、した」

呟き込んだ！　え、もしかしてこの自動販売機中身が人なんじゃ。

ニヤリと意地の悪い笑みを浮かべたヒュールミが両手をすっと伸ばし、お茶とから揚げっぽいのを同時に押す。

「えっ……」

今、確かに戸惑う男の声がしたぞ。中に誰かいるとなると、納得はいく。異世界の技術ではまだまだ難しい自動販売機の性能。だが、中に人間がいて対応しているとなれば、金銭のやり取りや商品の提供は可能だ。

取り出し口に飲料が置かれるが、から揚げはまだ出てきていない。

「しばらくお待ちください」

自動販売機の中の人がそう言ってきたのだが、作り置きのから揚げを出すなら、直ぐに出せると思うのだが。

それから五分以上してから取り出し口に、商品が置かれた。

取り出されたそれは陶器の皿に入っていて、置かれているから揚げからは湯気が立ち昇っている。温め直したというより揚げたての様にしか見えないぞ。

まさか、あの自動販売機の中で調理をしているのか。いや、あり得ない。俺よりは大きいとはいえ、大人が入って調理をするには無理があるスペースだ。

「じゃあ、うちは水と汁のパスタにしようかな」

水は直ぐに出てきたが、やはりラーメンもどきは時間がかかるようで、から揚げよりは早かったが、それでも三分は経っている。

商品は同様に出来たてのようだ。から揚げとラーメンを作れる設備をあの中に置くのは不可能だよな。どういうからくりなのだろうか。

二人は近くの机に商品を並べ、食事を始める。

「おー、美味いな。作り置きじゃねえなこれ」

「うん、そうだね。普通に美味しいけど、あれ、この味……鎖食堂で食べたのと似ているような」

ラッミスの感想を聞いてピンと来た。あの自動販売機の場所が全ての答えだったのだ。偽物は鎖食堂の関係者で間違いないだろう。

おそらくだが、自動販売機の裏側が開いていて、元鎖食堂の建物と繋がっている。壁に穴を開けて自動販売機と繋げ、硬貨を受け取ったら鎖食堂の内部で作っている。そう考えたら辻褄が合わないか。

となると、何故相手がこんな面倒なことをしたのかということだが、顧客を奪うのが最大の目的だろう。それ以外にも俺に対する嫌がらせも含まれているのかな。

大手チェーン店が一台の魔道具に面子を潰されたのだ、あの引き際の良さは、この作戦を実行する準備期間を得る為だったのかもしれない。

「んじゃ、帰るか。詳しい相談はテントでしようぜ」

「うん、そうだね」

偽自動販売機の仕組みと裏で糸を引いている相手もわかったことだし、後は対策を考えるのみか。真似されたことは良い気がしないが、正直なところ、相手の間違った企業努力に感心している。

これで俺が迷路階層で壊れていたら乗っ取りは成功していたのだろうか。良く似せているとは思うが、常連の人たちが騙されるクオリティーではないよな。

実際、さっきも商品を購入していた人たちの中に常連はいなかった。味は悪くないのだろうけど、それなら別に他の店でも飲み食いできるというのが正直な感想なのだと思う。

露店や他の店も前回手伝った際に、味も品質も上がっているので、味勝負を仕掛けたところで鎖食堂が有利だとは言えない状況になっている。

これって別に放置していても、自滅しそうな気がするな。注文してから、手際よく料理を作らないといけないし、自動販売機は一個しかないから回転率も悪い。

黒字かどうかも怪しいし、商売として成立していないような。

あれから二人の住むテントに戻り、話し合いが始まったのだが結局、普通に自動販売機として商売を始めたら、それでいいんじゃないかという結論に達した。


それで、翌日からハンター協会前の定位置で商売を再開すると、あっという間に情報が広まり、常連たちが一斉に群がり、商品が飛ぶように売れていく。

露店の料理人たちも、食材の補充で大量購入をしていき、朝から晩まで人の波が途切れることが無い。一週間が過ぎ、ようやく落ち着いてきた頃には、偽物自動販売機は撤退した後で、設置されていた場所の壁には板が打ち付けられていた。

これで、鎖食堂が諦めてくれたらいいのだが、またちょっかい出してきそうな気がしてならない。今回の一件で完全に目を付けられただろう。

こういうのって面子の問題だから、大手企業なら本気で潰しにきかねない。まあ、俺や仲間に手を出すのなら返り討ちにするだけだが。

大食い大会

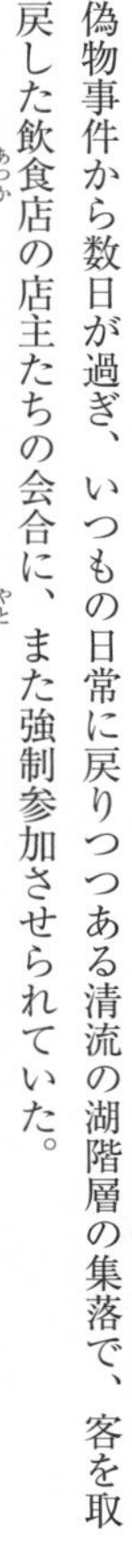

偽物事件から数日が過ぎ、いつもの日常に戻りつつある清流の湖階層の集落で、客を取り戻した飲食店の店主たちの会合に、また強制参加させられていた。

「土魔法が扱えるハンターを大量に雇い入れたおかげで、集落の壁は九割がた修復が終わりました」

「おー、ハンター協会も頑張ったな」

「壁さえ出来上がりゃ、守りは万全だ」

いつもの司会進行役であるムナミが拍手をすると、店主たちも手を打ち鳴らし喝采している。これで外敵を気にしないで安心して仕事ができるからね。

思ったよりも防壁の修復の進みが早まったのは、ムナミの説明にもあった通り、ハンター協会が大量に雇った、土魔法を操れる人員を確保したことが大きかった。

以前は木の杭だけで防壁と呼ぶのも恥ずかしい出来の壁が、半分以上を占めていたのだが、今は高く分厚い土壁が集落を囲っている。

「皆さん静粛に。あと二週間もすれば防壁は完成するようです。安全が確保されれば、ますます集落は発展し、人が流入してくることでしょう。そこで、防壁完成記念と称し、飲食店共同で催しを開こうかと思っています」

鎖食堂の一件がきっかけとなって、この階層の飲食店が結束したおかげだ。全員が敵対するわけじゃなく手を取りあう関係っていいね。

「内容は大食い大会を実施しようと思っています」

「ああ、ハンターはめっちゃ食うからな。盛り上がるんじゃねえか」

「おう、優勝者に賞品を出せば、参加者も期待できそうだぜ」

「入場料もある程度取れば、こっちが赤字になることもねえだろう」

大食い大会か。シンプルでルールもわかり易いし、盛り上がりそうだ。

「あれだな、出来るだけ腹の膨れやすい食い物が良いか」

「女性部門は別にして甘味でいくというのはどうでしょうか」

「逆に食べやすい物にしたら、大食い感が出て観客が喜ぶのでは」

様々な意見が飛び交い、活気ある討論が繰り広げられている。前回は俺に頼りきりだったが、こんな風に自主的に盛り上がるのを眺めていると、ほっとするな。

って、上から目線で語るのも失礼な話か。俺なんて自動販売機に置かれている商品の力を借りているだけだというのに。

「では、二週間後の開催を目指して、雑貨屋の店主にチラシや張り紙も制作してもらいましょう。皆さん盛り上げていきましょう！」

「お――――っ！」

拳を突き上げる店主たちを眺めながら、自分がここにいる必要ないのでは……と思っていた。一度たりとも意見を求められてないのが少しだけ寂しい。

盛り上がる店主たちを眺めていると――本当に何故連れてきた。

◆

あれから数日が過ぎたのだが、集落内はお祭りの準備でてんやわんやとなっている。

会場はハンター協会前の広場で決定し、会場の設営作業も進んでいる。修復作業中なので大工は有り余っているらしく、その日限りの会場だというのにやけに立派な舞台が出来上がっていく。大会開催を知らせる張り紙が至る所に貼られ、チラシも配られている。当日に向けて盛り上がりは最高潮へと近づいているようだ。

参加者に対する賞品も各店舗が提供してくれるそうで、五位以内に滑り込むと結構な賞品が与えられるらしい。ざっと耳にした程度だが、武器屋からは武具と道具屋からはハンター道具一式等、他にもハンターなら誰もが欲しがるような賞品が揃っている。

そのおかげで大食い大会への参加希望者が日に日に増えていき、主催者たちは嬉しい悲鳴を上げているようで、なによりだ。

「ハッコンさん、お力をお貸しいただきたい！」

またも、臨時会合に招かれたのだが、嬉しい悲鳴が本物の悲鳴となった店主たちが一斉に泣きついてきた。

誰もかれもが悲壮な表情で、まるでゾンビの群れのように俺に擦り寄ってくる。

「ちょ、ちょっとハッコンが怖がっているでしょ！」

「オッサンら、ちょっと落ち着けって」

一緒に付いてきたラッミスとヒュールミになだめられ、店主たちは何とか落ち着きを取り戻してくれた。

「でだ、ハッコンに何を頼みてえんだ。大食い大会は順調に準備ができているって聞いたぞ」

「うんうん。うちも参加する予定だよ」

「それがね、ラッミス。確かに参加者も増えて順調だったの。そう、順調……だったの。奴らの参戦を知るまでは」

そこで言葉を区切りムナミは深刻な表情でじっとラッミスを見つめている。

奴らときたか。その不穏な言葉から連想されるのは、何者かが妨害目的で刺客を紛れ込ませたと言ったところか。思い当たるのは鎖食堂なのだが。

「大食い大会に、大会荒らしの吸引娘シュイと大食い団が参加するのよ」

再び口を開いたムナミの発言を聞いて、追い詰められている現状を一発で理解した。

愚者の奇行団一の大食い娘シュイの食欲は、俺に投入された硬貨の数が証明してくれている。常日頃から人の五倍以上を軽く平らげ、

「満腹じゃない方が動きやすいっすよね」

と、平気な顔でうそぶく彼女が参戦となると、店主たちが動揺するのも無理はない。

更に彼女に加え大食い団四人も参加するのか、彼らの胃袋も尋常ではないからな。この五人が以前、本気で飲み食いしたときは商品を二度も補充させられた。

タスマニアデビルって、自分の体重の半分ぐらいの量を食べることが可能らしい。彼らが小柄だとはいえ五十キログラムぐらいは体重があるだろう。だとしたら、本気を出せば二十キロ以上は軽くいけるということだ。そんなのが四体も参加となると、そりゃ絶望を覚えても仕方ないよな、うん。

参加費は徴収するらしいが、それじゃ全然足りないか、あの五人が絡んでくると。

「これじゃ、赤字どころか大赤字だ！　料理がいくらあっても足りねえ！」

「大食い団が参加した大会は食材どころかゴミ一つ残らないらしいぞ……」

「折角、みんなで団結して頑張ってきたのに、これで何もかもおしまいだっ」

悲嘆にくれ、拳を床に叩きつける店主たちが、ちらちらっと俺へ媚びるような視線を向ける。以前、全く同じ経験をした記憶があるぞ。取りあえず、その小芝居をやめい。

「つまり、あれか。ハッコンにその五人の大食いをどうにかする策や商品を求めているってことだよな」

店主たちが以前から練習していたかのように、タイミングを合わせて頭を上下に振っている。タイミングも回数も全員が一致しているのは偶然だと信じたい。

あの大食いたちを満足させるとなると大量に物を食わせる、もしくは、何かしら腹が膨らむような物を事前に、もしくは一緒に摂取させるぐらいか。

あれだな、飲み物は炭酸飲料にするというのはどうだろう。大食いの品も味を濃い目にするか辛くすれば、喉も渇きやすくなるから炭酸飲料の摂取も増えるだろう。

健康的に問題のある食い合わせだが、大食い大会をやっておいて健康もなにもない。

そう思い二リットルのコーラを取り出し口に落とした。ラッミスがコーラを手に取り机の上に置くと、店主たちが集まってきたのだが、それが何かわからず首を傾げている。

「ええとね、これは、面白い喉越しをしている、しゅわしゅわってなる飲み物だよ」

「オレは好きで飲んでいるが、こいつは甘くて結構腹が膨れるんだ。ハッコンはこれを料理と一緒に提供すれば、食べる量が減るんじゃないかって言いたいんじゃねえか。ってことだよな、ハッコン」

「いらっしゃいませ」

二人の説明を聞いてもピンときていないようなので、ラッミスがコップに注いで全員に提供する。受け取ってもコップを見つめたまま、誰も口を付けようとしない。

泡が弾ける度にびくりと肩を揺らしている。そんな店主たちを見かねてヒュールミが一気に飲み干す。

「くはぁぁ、このピリピリくる喉の刺激が病み付きになるぜ」

美味しそうに飲み、口を拭う姿を見て彼らの好奇心が刺激された様で、全員が一口だが口に含んだ。

「ふおぅ、なんだ、初めての感覚だな」

「口の中で何かが弾けるような。味は甘すぎる気もするが、このしゅわしゅわのおかげであっさりと飲めるぞ」

「私、これ好きかも」

おおむね好評のようだ。ただ、苦手な人もいるかもしれないので、そこが問題になってくるだろう。

「水の代わりにこれを出して、参加者から文句が出ないかな」

「あー、確かに。俺は、ちょっとこれは無理だ」

「となると、水とこれのどちらを選んでもいいようにするか」

「いやいや、そうなると水を飲む方が断然有利になってしまう」

ここからは店主たちに任せるしかない。さっきまでとは打って変わって、多くの意見や提案が次々と上がっているので、もう大丈夫だと思いたい。

その場で暫く傍観者に徹し、ラッミスとヒュールミも口を挟まずにミルクティーを啜っていると、対応策が決定した。

大食い大会では参加者に水とコーラが提供されて、どっちを選んでもいいことにするそうだ。そうすると、水を飲む方が断然有利になる訳だが、そこは面白い手を打ってきた。

大会当日まで各店舗でコーラを置いて、少しの量をかなりの高額で売ることにする。そうすることにより、大会当日に無料でコーラが飲めると知った参加者の多くが、水よりもコーラを選ぶのではないかと考えた。

これって妙手じゃないか。本気で優勝を狙うなら水を選ぶべきだが、彼らは大食いを仕事でやっている訳じゃない。目先の誘惑に負けても仕方がないよな。

「そういうことで、ハッコンさん。お手頃な価格で提供していただけると、非常にありがたいのですが」

揉み手をしながら懇願してくる店主たちに、思わず苦笑しそうになったが、初めから赤字にならない程度の金額で売るつもりだったので「いらっしゃいませ」と了承しておいた。

これで事前の準備は整った。あとは大会当日を楽しみに待つことにしよう。

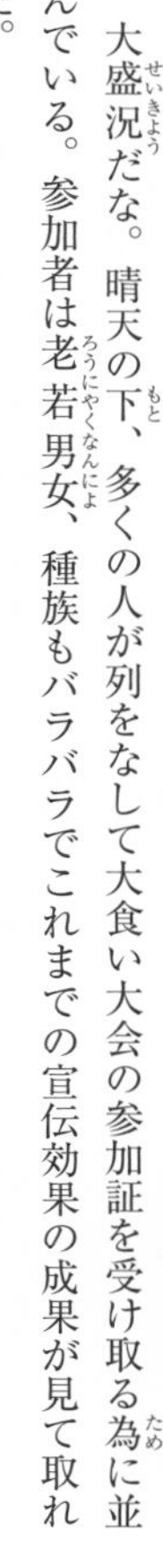

大食い大会当日

大盛況だな。晴天の下、多くの人が列をなして大食い大会の参加証を受け取る為に並んでいる。参加者は老若男女、種族もバラバラでこれまでの宣伝効果の成果が見て取れた。

結局、大会品目は、から揚げで決まったのだが予想を軽く超える参加者の数に、ハンター総動員で食材の確保に当たったらしい。

会場裏に設置された調理場では、集落周辺に生息している動物の殆どが狩り尽くされたのではないかと、心配になるぐらい山積みにされた肉を次々と揚げている。

そういや、前に調理担当の人が変なことを呟いていたな。なんだったか確か……。

「あー、肉たんねえぞ。どうするか、ここら辺の動物は殆ど狩っちまったらしいしな。肉、肉、に……おっ、あれがあったたな。確か前回、討伐にいった時に持って帰ってきた」

それって、もしかして蛙人魔とか鰐人魔の肉じゃ……あ、いや、この世界では魔物の肉食べるのは常識らしいからな。日本人の倫理観を押し付けたらダメだな、うんうん。

なんだかんだあって肉は十二分に確保できたらしいし、事前にコーラと水のどっちがいいかを聞いているようだが、思惑通りコーラを望む人が多いそうだ。

問題児である吸引娘シュイと大食い団の面々もコーラを気に入っているそうなので、第一段階クリアーと言ったところか。

「ハッコンは今日、ずっと大食い大会の飲み物提供する係なんだよね？」

「いらっしゃいませ」

そう、今日は舞台の隅で少なくなったコーラを補充する仕事がある。参加人数が五十人を超えたので、から揚げもそうだがコーラの消費もかなりのものになるだろう。

から揚げの味付けもラッミスの提案により濃くすることになったので、喉の渇きが倍増すること間違いなしだ。

「じゃあ、うちも手続きがあるから先に舞台に設置しておくね」

「いらっしゃいませ」

舞台の端ではあるが、結構目立つ位置に俺は置かれることになった。

この集落では自動販売機である俺の存在に興味はあるが、怖くて手が出せないという人も少なくないので、今回のイベントで俺は便利で安全だというアピールをする目的もある。

と、熊会長が語っていた。

舞台は一段上がっているので観客席や周囲の状況が見渡せるのだが、未だに参加証を渡す係員の前には長蛇の列がある。

最後尾付近にはラッミスがいて、その前には大食い団が揃っているな。愚者の奇行団からはシュイだけじゃなく、紅白双子も参加するようだ。

参加者の中に知り合いは他にもいるかな。門番二人も出るのか。後は両替商のゴッガイさんも参加と。逆三角形の筋肉質で如何にも大食いに見えるから、優勝候補者の一人に名を連ねそうだ。

早朝常連組は観客席に陣取っている。ざっと見回すと自動販売機を頻繁にご利用いただいている客がちらほらと見受けられる。

何故か観客の視線が俺に集中しているのだが、物珍しそうに見つめる視線となんでここに俺がいるのか訝しく思って眺めている人の二択のようだ。

そんな居たたまれない状況のまま会場の設備が整っていき、椅子や机の設置も終了したようだ。広大な舞台の上に長机が繋げて並べられ、椅子が二十以上置かれている。

準備が終わり舞台の上に進み出てきたのは、司会進行役である宿屋の看板娘ことムナミ。格好はいつものメイド服風のエプロンスカートなのか。そういや、私服姿を見た記憶が無い。

「皆様、お待たせしました。これより第一回、清流の湖階層大食い大会を開催します！」

観客席から拍手と歓声が上がっている。観客席もほぼ満席。会場周辺に設置された屋台から購入（こうにゅう）した品を持って見物する人が大半だ。

　空腹状態で大食い勝負を見るのは拷問（ごうもん）のようなものだからな。露店（ろてん）の売り上げも期待できるぞ、これは。

「参加者が予想を超えましたので、第一ブロック、第二ブロックに分けさせていただきまして、各ブロックの上位五名が決勝戦に進出となり、最終決戦を行います。豪華（ごうか）優勝賞品も用意しておりますので、参加者の皆様頑張（がんば）ってくださいね」

「うおおおおおっ！」

　会場の裾（すそ）から野太い声が響（ひび）いてきた。参加者のテンションも最高潮に近づいている。

「では、第一ブロックの出場者の皆様、ご入場ください！」

　ぞろぞろと大男たちが流れ込んでくる中、大食い団の四人も現れた。シュイやラッミスは第二ブロックなのか。参加者の中に見当たらない。というか、男性ばっかりでむさ苦しい。

　ざっと見た感じでは身長二メートルを超え、胴回（どうまわ）りもふくよか過ぎる男性が強そうだが、大食い団の食欲（しょくよく）を知っているので、あれに勝てるかどうか。

「制限時間はこの砂時計の砂が全（すべ）て落ちるまでとなっています」

　俺と真逆の舞台袖（ぶたいそで）に巨大（きょだい）な砂時計が置かれていて、それがストップウォッチ代わりのようだ。異世界にも砂時計ってあるんだな。

参加者の前に、から揚げが山積みになって盛られている大皿が置かれていく。あれだけの量なら軽く二キロは超えているだろう。

「もちろん、制限時間までに食べきった方は、その時点で決勝進出となります。それでは、準備は宜しいでしょうか。大食い大会……開始します！」

参加者が一斉に、湯気が立ち昇るから揚げを口に放り込んでいく。

「あつぅ、あちぃ」

「はふはふはふ」

揚げたてなので口内に肉汁が溢れ出したのだろう。大の男たちが口を押さえて悶えている。熱さを中和する為に、ジョッキに注がれていたコーラを口にする男たちが結構いるな。

本命の大食い団は……口を上に向けてはふはふしている。動物って熱いの苦手だったりするからね。冷えるまではペースが上がりそうに無い。彼らには悪いが、必死で食べる姿に和んでしまう。

コーラで強引に冷やして流し込んでいるが、あの方法だと炭酸で一気に腹が膨れそうだけど、大丈夫かな。あー、企画者側としては大食い団がここで脱落した方が良いのか。心情としては結構複雑だ。

大食い団はお得意様だし、何かと縁があるから個人的には頑張って欲しい。

店主たちが考えた作戦その一、熱々大作戦が成功したようでコーラが大量に飲まれていく。追加で店主たちが俺からキンキンに冷えたコーラを購入している。

砂時計を見ると半分が既に下へと流れ落ち、そろそろ食べきる者も現れそうだ。

「食べたよー」

「ボクも終わった」

「私もー」

「こっちも完了だ」

大食い団がほぼ同時に手をビシッと挙げた。予想通りとはいえ、四人とも通過か。店主たちは喝采を送っているが、よく見ると頰が引きつっている。

厄介な奴らが上がってきたというのが正直なところなのだろう。決勝戦で食材足りるといいね……。

「自分も食べ終わりました」

おっ、ゴッガイさんも終わったか。これで五人の通過者が決定した。思ったよりも早かったな。って、第一ブロック人間で通過したのは一人だけじゃないか。恐るべし大食い団。

「制限時間を待たずに通過者が決定しました。皆様、残った料理はお持ち帰りしていただいて結構ですので。容器もこちらから提供します」

大食い企画としては親切設計だ。まだ食べている途中だった参加者たちだったが、容器に残りを詰めて退場していく。

第一ブロックの参加者がいなくなると係員が食べ残しや食器等を片付け、物の数分で次の準備を整えた。

「では、大食い大会、第二ブロック出場者の入場です！」

舞台袖から現れたのは、第一ブロックと違い女性比率が高いな。本命の一人であるシュイもそうだがラッミスもいるな。元気に手を振りながらの入場だ。

ラッミスも体格の割には大食いなのだが、シュイと比べると勝てるとは思えない。後は女性ハンターも何人か参加している。ハンター協会前が定位置なので、出入りをしているハンターの顔はある程度覚えてしまった。

あれっ、シャーリィも参加するのか。大食いのイメージが全くないのだけど。この場にドレスは似合わないとわかっているようで、いつもよりラフな格好だけど露出度は相変わらずのようだ。男性客が色めきたっている。

第二ブロックの女性比率を高くしたのは、決勝に華やかさを求めた割り振りか。第一ブロックには癒し担当の大食い団がいたのでバランスは悪くない。

「では、第二ブロックの大食いを開始します！」

宣言と共に参加者がから揚げに喰らいつく。揚げたての熱さにやられ、コーラを流し込む人が多発しているのは前回と同様だな。

シュイは元々コーラを好んで飲んでいたので、平然とコーラを飲みながら、から揚げを美味しそうに頬張っている。彼女のいいところは、美味しそうに食べるところだろう。頬に手を当て至福の表情で、豪快に咀嚼している。

見る見るうちに肉が減っていくな。シュイは一口が大きく、噛む回数が少ないように見えたのだが、注意深く観察すると顎と頬が高速で上下に揺れている。ちゃんと噛んでいるんだね……他の参加者と比べてダントツの速さだ。

周りと比べて一人だけ数倍速で食事しているかのように、から揚げが見る見るうちに減っていく。あの速度で食べているのに、笑顔で美味しそうな表情なのがいいな。

シュイは食べている時は笑顔で、本当に幸せそうに食べてくれるから好きだ。

「おいおい、あの熊猫人魔が大食いなのは有名だけどよ、あの嬢ちゃん凄過ぎねえか……」

「マジで人間かよ……」

会場から聞こえてくる驚嘆した声は、シュイの食べっぷりに対してだった。

「ご馳走様でしたっすよー！」

砂時計の砂が半分も減らないうちにシュイが食べ終わり、残ったコーラを一気に飲み干している。大食い団の面々よりも速かったか、流石の一言だよ。

「私も食べ終わりましたわ」

続いてすっと手が挙がったのだが、二番手はスーツっぽい姿の黒縁眼鏡の女性――まさかの両替商アコウイ。シュイにしろアコウイにしろ、痩せ形なのに大食いという多くの女性に妬まれそうな人だな。

それからかなり遅れて次の通過者が出た。

「た、食べ終わったよー。美味しかった」

ラッミスがお腹を擦りながら何とか食べきったようだ。残りの二人も決まったようだが、見覚えの無い人だった。最近、この階層に来た人かハンター協会にあまり近づかない住民なのかもしれない。

ちなみにシャーリィさんは最後まで優雅に食事を続けていた。まあ、会場が盛り上がったようだから、それだけで参加する価値はあった。

「これで、決勝戦の出場選手が決まりました！　決勝戦は二時間後になりますので、皆様、暫くの間お待ちください。舞台の掃除が終了しましたら、劇団の芝居が始まります。露店で食べ物や飲み物などを購入して、ご観覧ください」

芝居もやるのか、思ったより本格的なイベント会場のようだ。この集落に劇団がいるなんて聞いたこともない……ということは、今回の大食い大会の為に雇ったのか。

「ハッコン、舞台から降りるよ。お芝居の邪魔になるからね」

「いらっしゃいませ」

一生懸命芝居している場に自動販売機が置いてあったら、芝居の内容がなんであれ違和感しかない。大人しく運んでもらおう。

「ハッコンはお芝居観る？」

うーん、どうしようかな。芝居には興味はあるのだが、昔から演劇を観るのが苦手なのだ。テレビと違って役者が失敗しないかとか心配になる。余計なお世話だとはわかっているのだが、ハラハラして内容が頭に入らない。

ガキの頃、子供向けの戦隊ショーを見に行った時に、ハプニングがあって中の人が露出してしまい、てんやわんやになったのを目の当たりにしたのが原因だと思う。

あー、でも、気にはなるな。娯楽が少ない異世界なら劇団の練度も高そうだし、失敗なんて滅多にしないだろう。大丈夫だよな。

「いらっしゃいませ」

「興味あるんだね。じゃあ、一緒に観ようか」

「おっ、二人とも観るのか。じゃあ、オレも」

ヒュールミも来ていたのか。声の聞こえた方へ視線を向けると、いつもの黒衣を着て、両手に露店の食べ物を手にしていた。お祭りを満喫されているようで何よりだ。

「ラッミス、何か食うか？」

「無理無理。お腹パンパンでもう何も入らないよ」

二時間後の決勝戦は期待できないね。あれだけ、から揚げを食べたら当たり前だけど。むしろ、よく頑張ったと褒めるところか。

観客席は七割方埋まっていたが、後ろの列の隅が空いていたので、そこに陣取ることになった。俺がいると端っこじゃないと後ろの人が全く見えなくなるので、場所取りにも注意が必要だ。映画館で座高の高い人が前に座ると悲惨だから。

異世界の芝居か。クオリティーはどんなものなのだろう。テレビや映画がない世界だから芸が磨かれているのか。それとも逆に、人が芝居を観る機会が少ないので役者が下手でも違和感なく受け入れられるという可能性もある。

どちらにしろ、今は異世界の芝居を楽しませてもらうとしようか。

優勝者と賞品

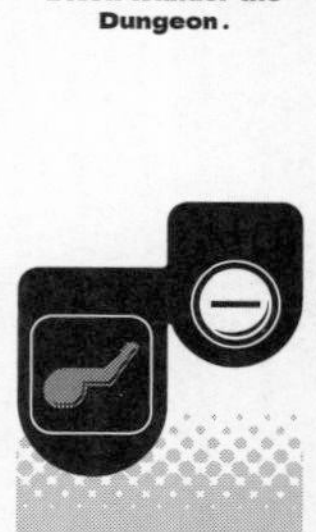

演劇の準備が整ったようなので姿勢を正して——常に真っ直ぐに背筋というか体が伸びているので俺は大丈夫だな。

後は劇の邪魔にならないように静かに佇んでおくことにしよう。

「おっ、ハッコンじゃねえか。こんなところで何やってんだ」

「今日は冷たいお茶を飲んでおこう」

って、このタイミングで門番ズの二人がやってくるとは。

芝居が始まるので音を立てたくはないのだが、そこは俺の熟練した商品落としテクニックで消音効果を見せつけてやろう。

赤子を抱きかかえて、そっとベビーベッドに置く母のような慈愛に満ちた対応で、商品をそっと取り出し口に置く。

よっし、殆ど音がしなかったな。人間——自動販売機でもやればできるもんだ。

「今日の演目はなんだったたか」

「ええとね、確か……」

って、カリオスとゴルスもここで芝居を見る気なのか。

こういうのは周囲に迷惑が掛からない程度の小声で、感想を言い合うのも楽しいよな。俺としては大歓迎だ。

「さっき配っていた進行表だと……幸せを呼ぶ畑って題名らしいぞ。聞いたことねえな」

幸せを呼ぶ畑ってなんだ。皆目見当もつかないぞ。物知り博士のヒュールミが知らないのだから、マニアックな話か完全創作ってところか。

たぶん、農業系の話だろうな。美少女が一所懸命畑を耕して、育った野菜をみんなに配って幸せにする。みたいな感じか。

俺としては異世界らしい破天荒なアクション活劇みたいなほうが好みなのだが、ラブロマンスとか始まったら見続ける自信が無い。あまり期待しない方が良さそうだ。

「まあ、見りゃわかるだろ。おっ、始まるみたいだぞ」

そうだな。見る前にあれやこれや考察してもしょうがないしな。一観客として楽しませてもらうとしよう。

「なんと言うか、色々と予想外だったぜ……」

「あそこで、こうくるか……」

「うん、確かに幸せを呼ぶ畑だよね。あ、でも、呼ぶっていうより、来るっていうか……」

みんなが唖然とした表情であれやこれやと感想を口にしている。

俺の素直な意見としては異世界感半端ないな。これに尽きる。まさか、主人公が人ではなく、畑だったとは。総評としては面白かったと思うが、人を選びそうな内容だった。

劇のクオリティーも高かったので、同じ劇団がまた違う演目をするなら観てみたいな。

「って、呆気にとられている場合じゃねえ。ラッミス、決勝戦出るんだろ」

「ああ、そうだった！　ハッコン行くよ！」

「いらっしゃいませ」

ひょいっと担がれラッミスに運ばれていく。

「ラッミス頑張れよ！　応援してるぞ」

「ほどほどにな」

「女の意地見せてやれ！」

三人からの応援を背に受け、ラッミスが拳を振り上げている。残念ながら自動販売機を背負っているので、ヒュールミたちに見えていないが。

舞台の隅に速攻で設置されると、ラッミスは出場者が控えているところに駆けて行った。

急いでいるのはわかったけど、慌て過ぎて転ばないように。

「ああっ、ご、ごめんなさい」

破壊音と悲鳴が届いてきたが、聞かなかったことにしておこう。

舞台の準備も整い、司会進行役のムナミも舞台に立った。

決勝戦が始まるようだ。観客席は六割方埋まっている程度で、前半の戦いで満足した人が多いのか、ちょっと少なめだな。

もう少し盛り上げて人も増やしたいところだが、人を集める方法となると何があるだろうか。俺に出来ることは無いかな。使えそうな機能があればいいんだが。

ランク2になってから増えた機能に目を通していくと、一つ面白い機能を発見した。これを使えば集客と場を盛り上げられそうだ。

俺は機能欄から〈ジュークボックス〉を選び実行する。

「では、出場者の入場です！」

観客の殆どが司会のムナミに注目していたので、俺がこそっと変化したことに誰も気づいていないようだ。

いつもの自動販売機より小さくなり先端が丸みを帯びる。身体の枠に太い二本のプラスチック製の蛍光灯のような物が装着され、黄色い光を放つ。体内にはいつもの飲料食料ではなく、代わりにレコードが何百枚も置かれているのがわかる。

昔は喫茶店やバー等に置かれていた、硬貨を入れて好きな曲が聞ける機械なのだが、二十代から四十代ぐらいの人なら、ボウリング場に置かれていた新しい曲を選べるジュークボックスの方が馴染み深そうだが。

ちなみにジュークボックスは立派な自動販売機の一つなのだが、そういう認識が無い人は多いかもしれないな。もちろん、自動販売機マニアとしては見かける度に曲を流させてもらっている。

出場者が舞台に上がってきたので、俺は運動会などで定番のクラシック曲を流してみた。やっぱり、入場曲と言えばこれだろう。

あえて最新型じゃなく古いタイプを選んだのは、クラシックが充実しているからだ。

「えっ、この曲は何処から」

観客は演出の一環だと思ってくれているようだが、ムナミや関係者たちは戸惑っているな。それでも、慌てず騒がず司会を進行しているムナミの肝っ玉の太さには感心する。

現場で場数を踏んできた彼女の対応力なら大丈夫だろうと、全投げして音響を担当させてもらうとしよう。

「みんな盛り上がっているかーい！　泣いても笑ってもこれでおしまい。参加者の皆さんは思う存分、食べまくってくださ――い！」

ＢＧＭ効果なのかムナミが弾けている。ならば負けずに、もっとテンポが速く盛り上がる曲をチョイスさせてもらおう。

「最終戦は時間内に食べた量で決まります！　己の限界を超え、新たな世界の扉が開かれんことを……では、決勝戦を開始します！」

宣言と同時に曲を変更した。運動会ではリレーや徒競走でお馴染みの曲を大音量で流す。あの曲を聞くと高揚感が増すよな。出場者の食べる速度もかなり上がっているようだ。

ちょっと煽り過ぎている気もするが、治癒系の魔法や加護を所有している人が控えているので、万が一の事態にはならないだろう。

まだ始まったばかりだが、序盤から飛ばしているのは予想通り吸引娘シュイと大食い団四人衆か。ラッミスは前回の勢いはなく、ゆっくりと食事を楽しんでいるようだ。

優勝候補五人の前に並んでいるから揚げが、空気のように吸い込まれていく。一秒間にから揚げが一個以上消える食事風景は、もはや異次元。あの一帯だけ小型のブラックホールと化しているぞ。

「うおおおっ、頑張れ、短髪の嬢ちゃん！」

「大食い団も負けないでー！」

シュイと大食い団の面々に熱い声援が飛んでいる。あの食べっぷりを見ていたら応援したくなるのもわかる。

他のメンバーはあの五人には勝てないとはわかっているようだが、負けじと食べ進んでいる。山盛りにされた、から揚げを五人が平らげると次に現れたのは、赤ん坊なら楽々と包めそうな巨大なクレープだった。

決勝は、まず山盛りのから揚げが出され、それを食べきったら次は巨大クレープが待っている。腹が膨れたところに甘い物という追い打ち。これは心と胃袋にくる構成だと思う。

ちなみにクレープの中身は俺が提供したリンゴやバナナがこれでもかというぐらいに、詰め込まれている。リンゴはリンゴ専用の自動販売機、バナナはバナナ専用の自動販売機になって提供した。生前好んで購入していた商品だ。

野菜の自動販売機で果物バージョンもあるにはあるのだが、ここはあえて専用の自動販売機になるこだわりを理解していただきたい。

ちなみにリンゴ自動販売機は新大阪駅の二階で見つけた。ただカットしているだけではなく、チョコレートやハチミツやキャラメルが掛けられているバージョンもあり、種類も豊富でバリエーションを楽しめた記憶がある。

男性陣は巨大なクレープを目の当たりにしてげんなりとしているのだが、女性陣は目の色が変わった。

「むっ、甘い物っ！　それも、めっちゃ美味しそうやんっ！」

ラッミス方言になっているぞ。

「それも頂けるのですか」

隣の席のアコウイの目が眼鏡の奥で光ったように見えた。

女性陣が何故、こんなにも甘い物に対して過剰に反応するのか。そもそも、女性が甘いもの好きというのも大きいが、この異世界では砂糖や果物が貴重だからだ。

こういった甘味を安く提供するこの階層は、甘い物が好きな女性と一部男性にとって天国らしく、最近では甘いもの目当てに清流の湖階層へ出稼ぎにきた労働者やハンターもいるという噂を聞いたことがある。

ラッミスとアコウイの食事速度が目に見えて上がっているぞ。このままいけば、から揚げは食べきりそうだな。

シュイは口の周りにクリームをべったりとつけて、満面の笑みで喰らいついている。から揚げの時より勢いが増してないか……吸引娘の呼び名は伊達じゃないぞ。おおっ、一人だけ三倍速に進化している。

「マジパねえな、あの嬢ちゃん。それに旨そうに食いやがるぜ」

「見てるこっちが腹減ってきやがった。ちょっと、露店の買ってくる」

「俺のも頼む。肉系と甘い物がいい！」

シュイに触発されて観客の多くが追加で食べ物を購入している。あんなに嬉しそうに食べる姿を見たら、食欲を刺激されて当然だな。

っと、現在の状況は、大食い団の男性陣はクレープを開いて、中の果物を先に食べている。団で唯一の女性であるスコはそのまま齧り付いているが。

この勢いだとシュイとスコの一騎打ちになるか。砂時計をチェックすると砂が七割方落ちていた。男性陣はほぼ壊滅状態で、大食い団の男共も生クリームとクレープの生地に苦戦している。

あっ、ラッミスとアコウイが、から揚げ完食した。今、目尻が下がった状態でクレープを味わっている。これは完全に試合そっちのけで食後のティータイムに入ったな。

シュイとスコは、見た感じだと互角だ。このままいくと、時間までに巨大クレープまで平らげそうだぞ。

関係者各位が熱い視線を注ぐ中、砂時計の砂が全て落ちる前にフォークを持った手が雄々しく掲げられる。

「食べきったっす！」

口の周りにクリームをつけ満足げに笑うシュイ。見事というより他がない。

胃袋に消えた量がシュイの体積の半分以上ありそうなのだが、それは女体の神秘で片付けよう。深く考えたら負けだと思う。

「おおおおおおっ！　やるじゃねえか、嬢ちゃん！」

「あの大食い団に勝つのか！　おめでとう！」

会場もこの結果に満足しているようで、食べ物を手にした観客から惜しみない拍手と歓

声が上がっている。

大食い大会の優勝者は愚者の奇行団シュイで決定した。

大盛り上がりで問題もなく無事に大会が終了して、現在上位三名が表彰台に登り、賞品を手渡されているところだ。

一位はシュイ。二位はスコ。三位は唯一の男性ゴッガイが滑り込んだ。

ゴッガイさん……全く目立ってなかったけど、意外な伏兵だった。

時間制限があるので、普通の自動販売機に戻って眺めていたのだが、

「では、優勝賞品はハッコンさんを一日自由に扱える権利です！」

とんでもないことをムナミが口にした。

はい？　え、何のこと？

戸惑っている俺にそっとムナミが近寄り、口を寄せて囁いてきた。

「以前、賞品についてもできることなら何でも手伝ってくれると、言っていたわよね」

記憶にないと惚けたいところだが……思い返してみると、適当に聞き流しながら同意した記憶がある。あ、うん、確かに言ったなぁ。だが、ここは惚けるか！

「ざんね」

「今更しらばっくれるのは無しよ」

くっ、言葉を重ねて遮られた。でも、まあ、一日ぐらいならいいか。大食いとはい

え商品目当てだとしても出費も知れている。

……いや、あれだけ食べて平然としているシュイだぞ。一日中、本気で食べてもいいとなると、一体どれだけの商品が胃袋に消えるのか。

早まったか？　ちょっと心配だけど、約束は約束。いくら大食いとはいえ、胃袋には限度があるだろうしね。

深刻に考えることは何もない。そんな軽い気持ちで受け入れたのだが……この時の決断を後悔することになろうとは、今の俺は知らないでいた。

なんてことをそれっぽく独白してみたが、別に問題はないだろう。

「ということで、今日一日ハッコンは私の物になったすよー！」

なられました、優しくしてねっ。

大食い大会の次の日、約束通り俺は一日シュイにレンタルされることになったのだが、早朝から連れていかれた場所が――愚者の奇行団が拠点としているテントだった。

そういや、大食い大会の後、飲食店の店主たちや関係者に平謝りされたな。あの時はテンション上がり過ぎて話題性を得る為に、俺を強引に賞品としてしまい申し訳ないと。

今日の出費は後で全てこちらが出すと言っていたが、丁重にお断りしておいた。ちゃんと話を聞かずに適当に返事をした俺が悪いんだし。

「いいなぁー。シュイ羨まし過ぎるっ！　なあ赤」

「食べ放題飲み放題なのかっ！　ずるいぞ、なあ白」

紅白双子が心底羨ましそうに、じっと俺とシュイを見つめている。そんな二人に対し、胸を張って自慢しているシュイ。

「良くやったシュイ。期限が一日なら、魔物狩りに行くのもいいな」

「そうですね、団長。もしくは、交渉事にハッコンさんも同行してもらって、物珍しさで相手を――」

「団長、副団長、ハッコンは私のっすよ？　貸さないっすよ」

ケリオイル団長とフィルミナ副団長の提案に乗る気は全くないのか。

「ハッコンは私と一緒に始まりの階層でデートするっす」

えっ、そうなんだ。初めて知ったぞ。ってか、始まりの階層って何処だろう。

「第一階層に連れていく気か。あそこは……なるほどな。そりゃ、しゃーねえ。ハッコンは俺たちの手伝いをする約束を取りつけているからな。今回は諦めるか」

「うんうん。そもそも、今日は私が独占する日っすからね」

「だがな、シュイ。万が一にもあり得ねえと思うが、ハッコンをそのまま連れ去ったり、売り捌いたりしたら制裁を加える。俺たち愚者の奇行団がな。仲間を裏切らない契約は順守する。それが団の掟だ」

ケリオイル団長の目がすっと細くなり、声に凄味が増す。よく見ると、他の団員全員の顔から表情が消え、冷たい光を宿した瞳がシュイに向けられている。

いつもはどこかふざけた雰囲気を纏っている彼らだが、空気がキュッと引き締まったかのような感覚。らしくないというより、これが本来の姿なのかもしれない。

「わかっているっすよ、団長。あのバカを始末した時にいたの私だよ。仲間を裏切ったりするわけないよ」

目つきが鋭くなったシュイが物騒なことを口にしている。お気楽で呑気な一団に見えるが、厳しい掟があるようだ。

「だったな。じゃあ、一日楽しんでこいや。最後に俺たちの土産忘れずに持って帰って来てくれよ。楽しみにしているからな」

「じゃあ、しゅわしゅわする飲み物と煮物で！」

「ええと、それじゃあ、ズユギウマ焼いた菓子と甘くて冷たいお茶！」

「私は黄色のスープでお願いします」

「わかったー。覚えていたら、買っておくっすよー」

自慢と報告を終えたシュイがテントの入り口まで移動する。そして、俺に振り返り破顔して軽く頭を下げた。

「ということで、ハッコン、ラッミス今日一日お付き合いお願いしていいっすか？」

「いいよー。私とハッコンは一心同体みたいなものだからねっ」

「いらっしゃいませ」

俺一人では碌に移動できないので、必然的にラッミスがセットとなる。

彼女に迷惑を掛けたくなかったので、下に車輪でも出してシュイに何とか運んでもらおうと思ったのだが、五メートルも進まずに彼女が断念した。

ハンターとはいえ女一人で自動販売機を押すのはかなりの重労働で、結局ラッミスが手伝うという流れで落ち着いた。足でもあれば自力で動けるのだが……自動販売機に足が生えて自走するとなると、奇妙どころの騒ぎじゃないな。ビジュアルが酷すぎる。

「行ってきまーす」

そうして、今日一日、シュイとラッミスと過ごすこととなった。

ハンター協会の転送陣に乗り、二度目となる転移を経験した。この浮遊感がジェットコースターを思い出して好きになれない。

足下から溢れ出していた光が消えるとそこは石造りの部屋で、清流の湖階層の転送陣が置いてあった部屋と殆ど変わりがなかった。

扉を開けるとそこは屋外で転送陣だけを置いている小屋のような場所だったらしい。

そこは妙な場所だった。薄暗いというか空には岩の天井があり、日光が一切差し込んでいない。天井高は地面から十メートルぐらいだろうか。

普通なら真っ暗でもおかしくないのだが、集落の至る所に松明や魔道具が灯り、視界は十二分に確保されている。

辺りをぐるっと見回してみたが、木製や石造りの家が立ち並び、人通りも激しい。人口密集具合は清流の湖階層を軽く上回っているな。

「久しぶりに始まりの階層に来たなー。なっつかしい」

「私は結構頻繁に来ているっすよ」

少し落ち着きのないラッミスとは対照的に優しく微笑むシュイ。いつもの食欲以外に興味のない彼女とは別人のようだ。

目的地が決まっているようで、躊躇いもなく足早に大通りを進んでいく。ラッミスはきょろきょろと街並みを眺めながら、彼女から離れないようにしている。

辺りを観察してわかったのだが、この場所は巨大な洞窟に住居を並べて、無理やり集落を形成した感じだ。まるでダンジョン内に無理やり作られた集落……いや、ダンジョン内の集落として本来あるべき姿はこっちか。

清流の湖階層や迷路階層が異常であって、普通は岩肌剥き出しの天井や壁があるべきなんだよな。ダンジョンなのだから光が射さないのも当たり前だ。俺もあの階層に毒されて、自分の中の常識が崩れてしまっている。

「シュイ、何処に行く予定なの」

「この奥にある一帯っすね」

それだけ伝えると後は何も語らずに黙々と歩を進めている。

貧民街みたいな感じなのだろうか。そういうところは治安が悪いのが常識。彼女が俺たちを罠（わな）にハメる気はないと思うが、念には念を入れて警戒（けいかい）だけはしておこう。ラッミスだけは傷つけさせないようにしないと。

　転送陣の周辺はしっかりとした建造物が並んでいたのだが、ここら辺はあばら家というか廃墟（はいきょ）寸前の家と呼んでいいか躊躇うレベルの建物ばかりだ。

　ラッミスの怪力（かいりき）なら軽く小突（こづ）いただけで瓦礫（がれき）と化しそうだな。

「さーてと、到着（とうちゃく）っす」

　そう言って振り返った彼女の背後には、古ぼけた屋敷（やしき）の廃墟が建っている。半分以上が崩れ落ちている石の塀（へい）に囲まれた平屋の屋敷。何年も人が住まずに放置しているように一瞬（いっしゅん）見えたのだが、所々補修された跡（あと）があるな。

　庭も雑草が生えていないし、明らかに人の手が加えられている。

「みんなー、帰ったっすよおおおぉ！」

　シュイが屋敷に向かって叫（さけ）ぶと、両開きの扉が勢いよく開け放たれ、そこから子供たちが次々と雪崩（なだれ）出てきた。歳の頃（ころ）は……たぶん下は二歳ぐらいで、上は十歳を超（こ）えている辺りだろう。総勢、十名は軽く超えている。

「あっ、やっぱりシュイ姉ちゃんだ！」

「お帰りー、お土産は！」

「姉ちゃん遊ぼ、遊ぼ！」

あっという間にシュイが子供たちに取り囲まれ、服の袖を引っ張られている。子供たちは全員笑顔で彼女が慕われているのが一目でわかる光景だ。

「ただいま。みんな元気にしていたみたいだね。姉ちゃんは嬉しいっすよ。遊ぶのはちょっと待つっす。園長先生は？」

「先生は掃除してたよ！　せんせ――い！　シュイ姉ちゃんが帰ってきたよー！」

「はいはい。聞こえていますよ。お帰りなさい、シュイ」

子供たちから遅れて出てきたのは、一人のやせ気味な女性だった。口や目尻の皺からみて五十代ぐらいだろうか。見るからに温和で人の良さが溢れている穏やかな笑みを浮かべ、走り寄ってきた子供たちの頭を撫でている。

格好は白の頭巾を被り紺色のゆったりとしたローブのような服を着込んでいる。尼僧の様に見える服装だ。

「ただいまっす、園長先生」

「はい、お帰りなさいシュイ。後ろの荷物を背負っている人はお友達ですか？」

「うん、そんな感じっす。職場の仲間だよ」

「あら、そうなのですね。ようこそいらっしゃいました。立ち話も何ですから、中へどうぞ」

「はーい、お邪魔しま……ハッコンも中に入って大丈夫かな？」

あー、床が古いみたいだから抜けそうな気がする。ここは、万全を期して外に設置してもらった方がいいだろう。

「ざんねん」

「だよね。じゃあ、ハッコンは入り口に置くよ。ええと、園長先生ちょっと待ってください。子供たち集まってー」

ラッミスが俺を設置すると、子供たちに向き直って手招きをする。子供たちは戸惑っているようだったが、シュイも一緒に手を振っているので安心して駆け寄ってきた。

何がしたいのか理解したので、さっと商品を並び替えておく。

「みんな、この箱は魔法の箱なんっすよ！　ここに並んでいる物で欲しい物があったら、この出っ張り押してごらん。今日は一日、姉ちゃんが自由にしていいって約束しているから、遠慮はいらないっす」

「この丸いの何？」

「これは甘い果汁が入った飲み物っすね。姉ちゃんは、この黒くてしゅわしゅわするのが好きっす」

「これは、これは」

「それはお菓子っすね。ちょっとしょっぱいけど、美味しいぞー」

和気藹々と説明をする彼女と、落ちてきた商品を嬉しそうに摑んではしゃいでいる子供たち。そんな姿を見せつけられたら、サービスするしかないよな、自動販売機として。

全員に飲料とお菓子や食べ物が行き渡ったのを確認すると、フォルムチェンジをする。黄色を基調とした身体となり、身体の中心部には色とりどりの空気を入れる前の風船が並んでいる。子供を喜ばせるには、やはりこれだろう。

「え、なになに。これなに？」

お、子供たちが覗き込んでいるな。そこで、ガスを入れて風船を膨らませていく。子供たちが驚いて一歩引いたが、それでも好奇心が勝るようで、ラッミスやシュイの背に隠れてじっと熱い視線を風船に注いでいる。

膨らみきった風船に紐が取りつけられると、ラッミスがそれを取り出して子供たちに配っていく。ふわふわと浮かぶ風船に喜び、子供たちが紐を掴んで走り回っている。

一度俺が風船で浮いた姿を見せてから、風船を欲しがったラッミスや大食い団に渡したことがあるのだが、あの時も喜んでいたからな。子供たちの反応は予想通りだ。

園長先生とシュイも顔をほころばせて子供たちを見守っている。子供たちへの掴みはバッチリだ。今日は一日、子供たちと一緒に過ごすことになりそうだが、自動販売機の能力をフルに活かして楽しませるぞ。

そんな一日も悪くないよな。

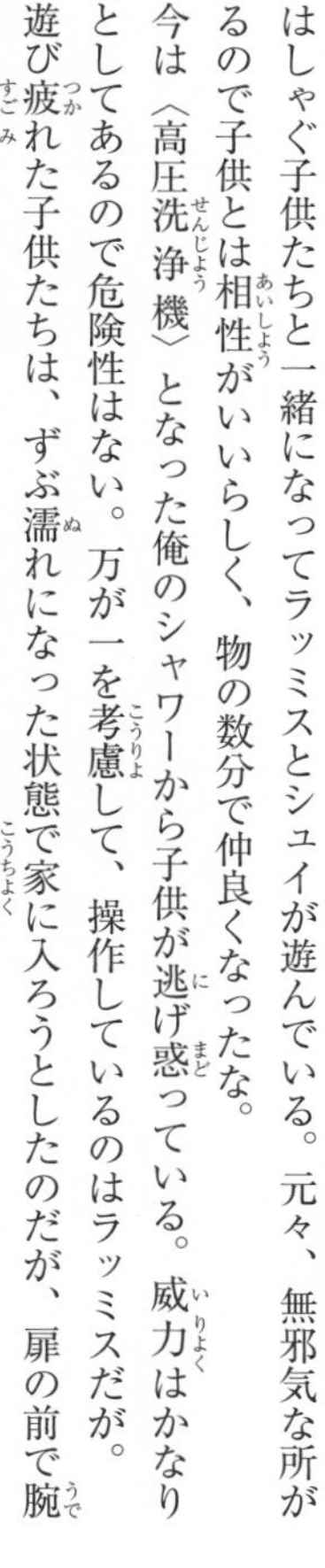

はしゃぐ子供たちと一緒になってラッミスとシュイが遊んでいる。元々、無邪気な所があるので子供とは相性がいいらしく、物の数分で仲良くなったな。

今は〈高圧洗浄機〉となった俺のシャワーから子供が逃げ惑っている。威力はかなり落としてあるので危険性はない。万が一を考慮して、操作しているのはラッミスだが。

遊び疲れた子供たちは、ずぶ濡れになった状態で家に入ろうとしたのだが、扉の前で腕を組み凄味のある笑みを浮かべた園長先生の前で硬直している。

「皆さん、そんなびしょびしょの泥まみれで何処に行こうというのですか」

「え、園長先生」

「その場で服を脱いで、この籠に入れてから風呂に行きなさい」

「は、はーい」

萎縮している子供たちが扉の前で服を脱ぎだしている。ラッミスとシュイも一緒になって服を脱いで……こらこらこら。周りに人の目が無いとはいえ屋外だ。若い娘がはしたない。と忠告したかったが、どうやら早とちりだったようで、靴と靴下だけを脱いでいる。

それじゃあ、バスタオルを提供しておこう。

「ありがとう、ハッコン。シュイもどうぞ」

「ハッコンは気が利くねー。人間だったらモテモテっすよ！」

「今のままでも人気者だもんね」

褒めてくれた二人に対して照れ隠しをするように〈コイン式全自動洗濯機乾燥機一体型〉へとフォルムチェンジした。褒められるのは嬉しいが、正面から素直な感情をぶつけられると、少しむず痒いような妙な感覚になる。

「あ、これは洗濯するやつだよね。じゃあ、室内に運ぶよ」

俺はラッミスに抱き上げられて玄関の隅に設置された。そして、脱ぎたての汚れた服と下着を突っ込まれ、洗濯を開始した。

「これは一体……」

「ハッコンは不思議な魔道具で色んな形に変化できるんっすよ。凄いっしょ」

シュイが自分のことのように胸を張って自慢していると、隣でラッミスが大袈裟に頷く。

子供たちは目を輝かせて、洗濯物が回る姿を覗き込んでいる。

「あらまあ、よくわからないけど凄いわね。最近の魔道具って便利なのね」

園長先生は最新の電化製品を前にした機械音痴な母親の様な反応だ。理解はしていないけど、凄いということだけはわかってくれた。って、俺が凄い訳じゃなくて、日本の技術力が優れているだけなのだが。

「洗濯は直ぐに終わるから、それまで皆でお風呂に入るっすよ。ほら、早くいかないと捕まえてべろべろするぞぉぉ」

「わあああああっ」

舌を出して上下に揺らしながらシュイが子供たちを追いかけ回している。子供たちは悲鳴を上げて逃げ回っているが、何処か楽しそうだ。

これシュイが男なら完全に犯罪だよな。いや、女性でも子供が嫌がっているならアウトか。

「下着も洗うなら、ハッコンお風呂場の近くまで運ぼうか」

「いらっしゃいませ」

そうだね。十分もあれば乾燥までやるから、風呂に入っている間に終わる筈だ。

「あ、でも、重さで床抜けないかな」

「それなら、裏口まで回っていただけたら、風呂場の裏側につきます。そこには勝手口もありますので」

「じゃあ、外側からぐるっと回り込もうか」

ラッミスに背負われて外壁沿いに移動すると扉が見えてきた。あれが勝手口か。

壁に背を預けるようにして置かれると、ラッミスがそっと扉を開けた。扉の向こうは風呂の脱衣所になっていて、全裸半裸状態の子供が密集している。

しかし、これだけの大人数が一斉に入れるのだろうか。だとしたら、相当大きな浴槽だぞ。

「こらこら、暴れない。じゃあ、みんなお風呂で洗いっこするっすよー」

一糸まとわぬ姿のシュイが小さい子供を抱きかかえてお風呂場に消えて行く。ショートカットで色気より食い気のシュイだが、ちゃんと女性なのだなと妙な感心をしてしまった。

「あーっ、お風呂お湯入ってないよ！」

「あらあら、今日のお風呂当番は誰だったかしら」

脱衣所まで見に来ていた園長先生が頬に指を当てて、首を傾げている。誰だ誰だとお互いに視線を交わす中、手を挙げて二人の女の子が進み出てきた。

「ご、ごめんなさい。シュイ姉ちゃんと遊んでいて、忘れていました」

その身を縮ませている少女の頭に園長先生がそっと手を添える。びくりと体を揺らした少女が俯いていた顔を上げて、視線を合わせた。

「当番を忘れていたのは良くないことですが、正直に話してくれてありがとう。失敗は誰にでもあります。でもそれを誤魔化すのではなく、失敗を認めて反省することが大切なのです」

頭ごなしに叱りつける親が多い昨今、ちゃんと諭せるというのは当たり前のように見えて難しいことじゃないかと思う。

俺の親せきや友人でも、子供が可哀想に思えるぐらい怒鳴りつける人がいて、そんなに怒らなくてもと止めに入ったことは一度や二度じゃない。全く怒らないで放置している親よりかはマシだが、やり過ぎだと……独身男性が子育ての辛さも知らないくせに、偉そうに語ることじゃないか。

「しかし、困りましたね。今から水を溜めて薪で沸かすのには時間がかかってしまいます。今日はお風呂諦めましょうか」

水遊びで体が冷えた状態でお風呂が無いとなると、風邪をひかないか心配になるな。なんとかしてあげられないだろうか。機能に何かあったかな。

「あ、ハッコン洗濯終わったんだね。中身出しておくよ」

もう乾燥まで終了したようだ。ラッミスが綺麗になった洗濯物を取り出している間に機能欄に目を通していく。

お風呂関係じゃないな。ええと、水では沸かすのに時間がかかるからお湯……あっ、そうか。あれいけるな。

洗濯物が全て体外に取り出されたのを確認すると本日三度目のフォルムチェンジをした——〈温泉自動販売機〉に。

これはその名の通り、温泉を自動で売る機械だ。四角柱の体に堂々と温泉自動販売機という日本語が筆で書かれている。側面から一本のホースが出ていて百円で二分間温泉を出し続ける仕様になっている。

温泉地で稀に見かける自動販売機で利用したことがあるのだが、家に帰るまでに冷えるので、追い焚き必須の温泉だ。

「また見たことない形になったね、ハッコン。一体、何種類の体があるんだろう」

幾つあるのだろうか。俺もちゃんと数えたことがないな。今変形できる自動販売機だけでも二十近くあるみたいだが。

「ええと、この長いのって、今までの流れだとここから何か出るんだよね。それに、この状況だから……わかった！」

最近は機能の使い方を判断するのはヒュールミの役目が多くなっていたが、やっぱりラッミスも理解力が高いよな。

ヒュールミは状況と俺の形から能力を推測しているが、ラッミスの場合、俺の内面を読み取って理解しようとしてくれている。俺の性格ならこうするのではないかと。

ただの自動販売機相手に真剣に向かい合ってくれているラッミスには、本当に感謝してもしきれない。

浴室の引き戸を開け放ちホースを浴槽に突っ込んでいる。その状態で俺を見返して片目を閉じたのは合図か。では、一気に放出するとしよう。

勢いよく温泉が流れだし、素早さのおかげもあるのか、あっという間に浴槽が温泉で満たされる。

「うわっ、スゲエ！」

「お風呂だお風呂だ」

「飛び込めー」

「こらこら、ちゃんと体洗うっす！」

浴室に子供たちと、それを咎めるシュイの声が反響している。お湯を溜める役割を終えたので、俺は再び洗濯機へと戻り残りの洗濯物を回すことにした。

ラッミスも全て脱ぎ去り、一緒に浴室で洗いあっているようだ。

「ハッコンさんでしたか。この度はありがとうございます。色々お手伝いしていただき助かりましたわ」

気が付くとすぐ隣に園長先生が立っていた。

俺のことをどう認識しているかは怪しいところだが、自動販売機相手に園長先生は深々と頭を下げてくれている。

「いらっしゃいませ」

「ええと、それは肯定の意味でしたわね。シュイは最近、思い詰めているところがあったので、心配していたのですが、今日の姿を見てホッとしています。これからも、あの子のことよろしくお願いします」

ただの自動販売機相手にお礼を口にして託せるというのは立派だよな。そこまでされると申し訳なくて萎縮してしまいそうになる。

しかし、こんな温かい場所があるシュイの望みは何なのだろうか。この孤児院を維持するには大金が必要だろうから、やはり目当ては金か。うーん、こういうのは詮索するのも失礼な話だな。

洗濯と風呂も終わり、晩御飯は俺が振る舞うことになったので、食べたことのないものがいいだろうと冷凍食品セットとカップ麺を提供したのだが、ちょっと栄養バランスが気になったので、食後のデザートにと果物とクレープも出しておいた。

食堂や室内はやはり床の耐久力が怪しいらしく、孤児院での定位置は玄関脇で決定したようだ。床板の上は怖すぎるからね。

子供たちが食事をしている間は、一人でのんびりしておこうと思っていたのだが、子供たちが「ハッコン一人じゃ寂しいよ」と言ってくれて、外に椅子と机を出して庭で食事を取ることになった。

この孤児院の周辺には空き家が多く、はしゃいでいても苦情が来ることは滅多にないそうなので、子供たちは口一杯に料理を詰めては大声で、美味しい、美味しいと喜んでくれている。

「みんな落ち着いて食べるっすよ。ご飯は逃げないっすから」

シュイは甲斐甲斐しく子供たちの世話を焼いている。いいお姉ちゃんしているな。あれだけ大食いなのに自分の食事は後回しにして、子供たちを最優先で動いている。

子供たちの服装はどれも素朴……いや、言葉を濁し過ぎだな。粗末な格好でふくよかな体型の子供は一人もいない。かといって痩せすぎの子供も見当たらないので、食生活はなんとか保たれているように思う。

後で下着やTシャツやタオル類も提供しておくか。

お金を寄付してもいいのだが、自動販売機から施しを受けることをよしとするだろうか。こういう時、何処まで関わってもいいのか、俺にはそのさじ加減がわからない。普通に会話する能力があるなら、相手の神経を逆なでせずに援助することも可能なのだろうが。

自分のポイントを得る為に金稼ぎのことばかり考えてきたが、貧しくても幸せそうにしている子供たちを見ていると、自分がとても薄汚い存在に思えてきた。

「灯りがピカピカしてたけど、もしかして、変なこと考えてる？　ハッコンは、ハッコンだよ。今、みんなに食事をただで提供して笑顔にさせられるのも余裕があるからでしょ。だから、もっと自信を持っていいんだよ」

いつの間にか俺の隣に立っていたラッミスが、俺の心を見抜くような言葉を掛け、にっこりと微笑んでいる。

凄いなラッミスは。言葉も話せないただの自動販売機の考えを理解してくれて、気遣ってくれる。彼女に拾われて本当に良かった。

そうだな、うん、俺は俺だ。ポイントの為にお金稼ぎを止めるつもりはないが、これからは、もう少し周囲の状況を考えて行動することにしよう。

そして今は、純粋にこの時を楽しんで、子供たちを喜ばせることだけを考えよう。

始まりの階層の夜

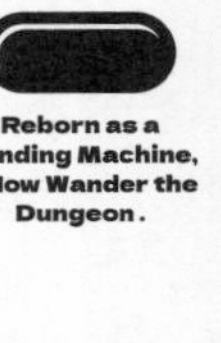

腹がはち切れんばかりに晩御飯を食べきった子供たちは、全員床に就いたようだ。ここは空が見えない洞窟内なので、夜と朝の区別が曖昧になりそうだが、現在は夜らしい。

ここで暮らしていたら昼夜の感覚がおかしくなりそうだな。

夜なら省エネモードにしてもいいのだが、周囲の明るさに差が無いので、このままでも問題は無いだろう。

元屋敷を改造した孤児院の窓から灯りが漏れているということは、園長先生やラッミスたちが、まだ起きているのか。

「ハッコン、今日はお疲れさまっすよ。みんな大喜びで感謝感激っす」

シュイが俺の隣に腰を下ろして胡坐をかき身体を左右に揺らし、嬉しさを全身で表現しているようだ。

あんなに素直に喜んでもらえると、こちらとしても自動販売機冥利に尽きる。

頬が若干上気しているのは食卓に提供したカクテルをがぶ飲みしていたからだろう。

ただのジュースだと思って、結構飲んでいたからな。

「今日の出費安くないっすよね。今度必ず返すんで、暫く待ってほしいっす」

「ざんねん」

「えっ、待ってくれないっすか」

いや、違う。払わなくていいって言いたかったのだが、細かいニュアンスを伝えるのは難しいな。未だに会話がスムーズに成立するのはラッミスとヒュールミぐらいだ。

そもそも金銭を要求するなら飲食店の店主たちにであって、優勝者の賞品として受け取ったシュイが払う必要は全くない。

「ざんねん　ありがとうございました」

「えっと、もしかして払わなくていいって、ことっすか？」

「いらっしゃいませ」

何とか伝わってくれたか。理解してくれたお礼にコーラをプレゼントだ。

取り出し口に、彼女の好物であるコーラ二リットルを落とす。今日の晩は大食いの彼女にしては小食だったから全然足りてないだろう。自分の分も子供に与えていたから、まだまだ腹に余裕があると思う。

「あ、しゅわしゅわだ！　まだ小腹が空いていたから助かるっす！」

蓋を開け、飲み口に口を付けて豪快に中身をあおっている。炭酸が強めだから、そんなに一気に飲むと……。

「くはあああっ、ぐええええええっぷ」

見事なげっぷが闇夜に響く。さすがに恥ずかしかったようで、俯いた顔が赤い。

こういう時は場を和ますために何か言った方がいいのだろうか。よっし、決めた。

「あたりがでたらもういっぽん」

彼女の顔が更に真っ赤に染まる。どうやら言葉のチョイスを間違えたようだ。

「そ、そうだ。この始まりの階層って、ダンジョンに潜る人が必ず訪れる場所って知っていたっすか？」

へえ、そうなんだ。第一階層とか言っていたから、ダンジョン一階なのだろうとは思っていたけど。

「ざんねん」

「この階層にまず入って、奥にある転送陣まで辿り着かなければ、別の階層に移動できないことになっているっす。まあ、始まりの階層ぐらい踏破できない者は、別の階層に進む権利すらないってことっすね」

なるほど。転送陣で階層の行き来が自由だと聞いていたが、ここだけはそうは問屋が卸さない訳か。あれっ？　そうなると宿屋や商人の面々も始まりの階層は攻略したのか。護衛ついでに始まりの階層攻略を担当しているハンターとかいるのかな。

「でも、一度でも奥の転送陣に辿り着けば、次からは何処にでも飛び放題っすよ」

地上に出たら毎回、第一階層を攻略しなくてもいいのか。そういう配慮もされているのか、ダンジョンの仕組みが益々わからなくなってきた。

「それで、ここの集落は何らかの理由で第一階層奥の転送陣にたどり着けなかった者たちが、少なからず残っているっす。もしくは、ここで子供を作って身動きが取れなくなった人たちもいるっすね。そうして、外の世界を知らずに生まれ、邪魔になって捨てられた子供が集まっているのが……ここっす」

この孤児院にいる子はダンジョンの外を知らない子がいるのか。それどころか、この階層から移動したことが無いのなら、空も天気も外気にも触れたこともなく育った。うーん、それは子供の成長に悪影響を与えそうだ。

太陽の光と吹き抜ける風、自然が豊富な世界を子供の内に一度は知っておくべきじゃないだろうか。

「私の願いは、孤児院の皆が幸せに――って、今日は口が妙に軽くて困るっす。今のことは忘れて欲しいな。もう今日は寝るっす！　おやすみ！」

両手を大きく振りおぼつかない足取りで、扉の向こうに消えて行った。アルコールの影響で色々聞けたな。

様々な人が生活して、多種多様な悩みが存在する。当たり前のことなのだが、最近は自動販売機として商売と自分のポイントのことしか考えてなかった。

いや、自動販売機としては正しいスタンスだとは思っているが、この匙加減が難しい。安価で提供したり無料奉仕をすると、今度は飲食店の店主たちが困る事になるし、俺もポイントが増えない。商売とボランティアとの違いを自覚しないとな。

◆

「おい、ここか……」

「へい、兄貴。ここに珍しい魔道具があるって話ですぜ」

如何にも荒くれ者といった口調の男たちの声が、遠くから流れてくる。目的が一発でわかる説明付きで現れるとは至れり尽くせりだな。

人が少ない場所だとはいえ、お世辞にも治安がいいとはいえない場所ではしゃぎ過ぎたようだ。もう少し自重するべきだった。

久しぶりに俺目当てのお客さんか。最近、こういった輩はご無沙汰だったので、どういった行動を取るのか興味津々だったりする。相手の姿が見える前に、灯りを消して闇に溶け込む配色に変更しておこう。

「本当に、食い物がただで幾らでも出てくるんだな」

「ええ、部下の一人がその目で確かに見たって言ってやした」

徐々に近づいてくる人影に目を凝らしていたのだが、相手はプロレスラーのようにがたいのいい男が四名。俺を載せる為の手押し車も準備済みか。

清流の湖階層なら俺の存在は結構知れ渡っているが、この階層では無名だからな。狙われるのも当然だ。

あの男たちなら俺を運ぶことも可能なようだが、さて、どうしよう。大声を出して、ラッミスたちを起こせば、あいつらは逃げ出すだろう。だが、彼女たちが危険に晒される可能性がある。ここは俺一人で何とかしてみるか。既に取っている機能で使えそうなのをチョイスしてみよう。

これと、これと、これも使えるか。〈結界〉もあれば頑丈も上がっている。余程の事が無い限り、前みたいに誘拐されることはないと思う。

まずは〈ドライアイス自動販売機〉になって足下にドライアイスを大量にばらまく。今度は〈高圧洗浄機〉になって周辺に散水する。ドライアイスに水が掛かり、薄らと白い煙が地面に漂う。

そこから更に〈ジュークボックス〉になってミュージックスタート。

「おい、今日は足元がやけに寒いぞ」

「何か、音がしてねえか……」

「妙な音楽が……」

ホラー映画でお馴染みの曲を流すと、男たちが辺りを忙しなく見回している。この集落の薄暗さと相まって、雰囲気はバッチリだ。

ここからどうするか。灯油を撒いて火をつけるのは、流石にやり過ぎだよな。撤退させるだけでいいとなると、何が最良なのだろうか。

相手は誘拐――泥棒に来たので灯りは所持していない。暗闇で目が利くとしても、あまり辺りが見えていないよな。だとしたら、脅かせば何とかなる気がする。

今度は〈コイン式全自動洗濯機乾燥機一体型〉になると扉を開けた状態で、洗濯槽内に水を溜めて回転させる。

「親分、水と風の唸る音がしやせんか」

「ここら辺は川も湧き水もねえだろ。風も吹いてねえぞ、気のせいだ」

そんな彼らに〈結界〉で弾いた洗濯槽の水を提供してあげよう。

「ぶはああっ、何だ、何だっ！」

「み、水ぅ？　ど、何処から水がっ」

「おおあたり」

面白いぐらいに取り乱しているな。あ、ちょっと楽しくなってきた。次はこれでいこう。

〈卵自動販売機〉になり、ガラス張りのロッカーにも見える外観に変化すると、その扉を全て開けて〈結界〉により卵を一斉掃射する。

十個を一まとめにしてネットで包まれている卵が、二十以上も同時に放たれたので、その幾つかが見事に男たちを捉えた。

食べ物を粗末にして怒られそうだが、平和的解決の為なのでここは目をつぶって欲しいところだ。

「痛えっ！　何だこれ、ぬるぬるしやがるぞ」

「お、親分、か、帰りましょう！　誰かに狙われていやす！」

「くそっ、ふざけやがって！　お前ら今日は帰るぞ！」

どうやら撤退してくれるようなので、蛍の光で送り出しておく。

あの様子だとまた懲りずにやってきそうだな。俺がいないとわかると、孤児院の中を荒らす可能性も出てくるか。対策は明日の朝、ラッミスに会った時に相談しよう。

町中の灯りの光量が増し、始まりの階層内が少し明るくなったように思える。これがここでの朝なのだろう。

庭のドライアイスや散乱した卵の殻と中身は既に消してある。これで、昨日何があったのか孤児院の子供たちが知ることはない。

「おはよう、ハッコン」

「おはようっす」

朝から元気な二人組が現れた。この二人、結構似ているところがあるので、ここでの一日で意気投合して、かなり仲良くなっている。

ラッミスはハンターに知り合いが少ないので、歳の近い同性の友達が出来てほっと一安心だ。愚者の奇行団というのが若干不安ではあるが、シュイ自身は気のよい女性なので、さほど警戒はしていない。

「二人とも早いわね。皆さん、おはようございます」

その後ろから顔を出したのは園長先生か。いつもの柔和な表情で挨拶をしてくれている。

「ありがとうございました」

おはようございますの代わりに「いらっしゃいませ」を使っていたのだが、こっちの方が挨拶の返しとしては正しい気がするので、ちょっと変更してみた。

っと、そうだ。子供たちがいないなら丁度いい。昨日あった出来事を伝えておかないと。

「あれ、商品のところに板が。これって地図見せてくれたあれかな」

正解だよ、ラッミス。俺の数ある機能の一つ〈液晶パネル〉だ。これを使って昨日の一件を録画した映像を流せば注意喚起にもなるだろう。

チンピラが現れて撤退するまでの映像を流すと、全員が興味深げに見入っていた。

「夜にこんなことがあったっすか。こいつらは、近くにアジトを構えている、元ハンターたちっすね」

「そうみたいね。ハンターを辞めて犯罪行為に走るなんて、悪い子たち。それも孤児院の客人に手を出すとは……」

二人とも顔見知りなのか。この映像を証拠に衛兵やハンター協会に持ち掛け、犯人を捕まえてもらうことも考えたが、やつら未遂なんだよな。俺がさせなかったから、話題を口にしていただけとなる。

捕まえるには少し無理があるかも知れない。

「シュイ、少し出掛けてきますので、暫く子供たちを任せてもいいですか」

「それはいいけど……園長先生まさか」

あれっ？　シュイの頬が引きつり額からすっと汗が流れ落ちたぞ。園長先生は一度、孤児院に入ると直ぐに戻ってきたのだが、その手には大きな弓。背中には矢筒を背負っている。

「では、直ぐに帰りますので」

そう言って俺たちに頭を下げて立ち去っていった。って、あまりのスムーズな流れに止める暇もなかったが、もしかして園長先生は彼らに武力行使で黙らせに行ったのか？

え、それは危険すぎる。六十手前に見える女性が一人でどうこうできるわけがない。ここは、止めに行かないと。

「あー、久しぶりに園長先生のマジ怒り見たっすよ。あ、お二人とも心配しているようですが、大丈夫っすよ。園長先生は私の弓の師匠で元凄腕ハンター。熊会長と一緒に昔は迷宮を荒らしまくっていた実力があって今でも団長が一目置いているぐらいっす。そうでなければ、こんな治安の悪い場所で孤児院経営なんて無理っす。あと熊会長のように権力持っている人とも繋がりあるっすから」

そ、そうなのか。あの細腕と雰囲気からは想像もつかないが、シュイや子供たちが全く焦っていないところを見ると、心配するのも馬鹿馬鹿しいぐらいの腕なのだろう。ここは信じて待たせてもらおうか。

あれから一時間が経過し、子供たちも朝食を食べ終わったタイミングで園長先生が帰ってきた。出掛けた時と変わらぬ姿――いや、よく見ると服の裾に返り血の染みがあり、矢筒から数本矢がなくなっている。

「ハッコンさん。こちらの説得に彼らは快く応じてくださいましたので、彼らが二度とちょっかいを出してくることはないですよ」

「あ　りがとうございました」

理屈ではなく本能が即座にお礼を言えと訴えかけてきた。今も慈愛溢れる笑みを浮かべているのだが、前までと違いその微笑みに威圧感を覚えてしまうのも仕方ないと思う。

と、ともかく、彼らとのいざこざは解決したようで何よりだ。お礼に、一週間は賄える食料と飲料を置いて行こう。

この人は敵に回してはいけないタイプだと即座に判断した。シュイもいずれ園長先生みたいになるのだろうか。

弓の腕は今も凄腕だが、あの迫力をマスターする日が来るとは思えないな。いつもの嬉しそうにご飯を食べる姿からは想像できない。

「ん、誰かから見られている気がするっす」

俺の視線に気づいたのか、気味悪そうに肩を竦めるシュイを見つめ「ざんねん」と零した。

胃袋の果てに

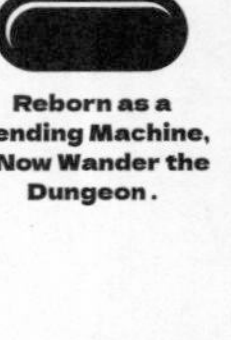

大食い大会を制覇したシュイを観察し続けて、気になったことがある。

毎回、笑みを浮かべて大量の食事を嬉しそうに食べてくれるのは、販売側としてもありがたいのだが、あの胃袋——限界はあるのだろうかと。

大会ではから揚げを五キロ以上、コーラのペットボトルを五本。それに超大型クレープを平然と食べきった。

シュイは女性としても小柄な方で、食後の腹がぷっくり膨らんでいることがある。食道から異次元に繋がっているということだけはないようだ。

日本にいた頃も大食いの女性タレントをテレビで観たことあるが、あの人も大概信じられない量を食べていた。だから、そういう人がいても不思議ではないのかもしれない。

でもなあ、何度も食事を提供してきたが、一度たりともシュイの口から「お腹いっぱいで食べられないっす」という言葉を聞いたことがない。

一度でいいから、シュイの口から満腹宣言が聞きたいと思ってしまったのだ。

「ハッコン、本当にいいっすか？　無料でおごってもらっても」

「いらっしゃいませ」

俺が提供する商品をラッミスが机に並べていくと、向こう側にちょこんと座ったシュイの目の色が変わっていく。

「料金後払（あとばら）いとか無理っすよ！」

「いらっしゃいませ」

そんなこと期待してないよ。

今日はラッミスとヒュールミの住居であるテントに呼び出して、俺が食事を振（ふ）る舞（ま）うということになっている。

二人ともシュイの限界に興味があるようで、快く場所を提供してくれた。

ヒュールミは作業の手を休めて、こっちをじっと観察しているな。そういえば前に、

「あれだけ食って太らねえのは、人としてあり得ん。何か秘密がある筈（はず）だ。その仕組みがわかれば多くの女性が救われることになる！」

と、かなりやる気を出していた。今も予（あらかじ）め作成しておいた表に今回の結果を書きこむ気のようで、ペンを片手に準備万端（ばんたん）だ。

問題は何を提供するかだけど、飲み物はコーラをやめてお茶にしておこう。純粋（じゅんすい）にどれだけ食べられるのかに興味があるから。

まずはカップ麺を五種類、それもビッグサイズ。

普通ならこれを二つも食べたら満足なのだが、これぐらいは楽々クリアーしてくる。

お湯を入れて三分が経過すると、まずはノーマルタイプに口を付けた。

「うーん、このパスタ美味しいっすよね。ふぅう、あったかいから、寒い日に屋外で食べると最高っす！」

本当に美味しそうに食べてくれるな、シュイは。

ただの大食いだとご飯を食べるというより、餌を喰うという感じの人もいるのだが、彼女の場合は豪快でありながらも下品さを感じさせず、見ている者の食欲を刺激する。

大食い大会では多くの人があの食べっぷりに触発されて、屋台の商品が飛ぶように売れた。日本だったら顔の可愛さも相まって、食べ物系のCMに引っ張りだこの芸能人になれただろうに。

と、考えている間にカップ麺は汁も全て彼女の胃袋に納まった。

「次は何っすか？」

瞳を輝かせて次を要求するシュイ。

腹八分目どころか一割でも埋まったのか怪しいな。

じゃあ、愚者の奇行団に好評だった、冷凍食品メーカーの自動販売機で勝負だ。

もうお馴染みとなったから揚げも冷凍食品シリーズなのだが、実はそれ以外にも多くの商品がある。

から揚げ、焼きそば、焼きおにぎり、タコ焼き、フライドポテト、炒飯、ホットドッグ、枝豆、たい焼きまで取り揃えているのだ。

甘い物は後回しにして、それ以外を二品ずつ出してみるか。

運んでいる最中にラッミスがたこ焼きを興味深く見ていたので、一個余分に温めてラッミスに渡しておく。

「うちもいいの？　ありがとうね、ハッコン。ヒュールミも一緒に食べよう！」

「おう、オレも腹が減ってきていたところだ。ありがてえ」

二人が並んでたこ焼きを摘まんでいる。相変わらず仲のいい二人だ。

「この丸いのってソースと中に入っている……よくわからない赤くて白いのが美味しいよね。なんだろこれ」

「おもしれえ食感しているよな」

「あっ、わかるっす。くにくにしていて、美味しいっすよね！」

タコが好評のようだ。外国ではタコを毛嫌いして食べない地域もあるらしいが、この世界は魔物も食べるのだから、その正体を知っても驚かないだろう。

あーでも、この世界の魔物と比べてもタコは異質だよな。本物を見せたら拒絶するかもしれないな……黙っておいた方がいいかも。

和気藹々とした空気の中、シュイが食べ終わっていた。

こうなったら、今現在、俺が提供できる食料関係を順々に出していって、どっちが先にギブアップするか勝負だ！

次は缶食品シリーズだ。まずは初期の頃からお世話になっている、おでん缶。変わり種としては筑前煮缶、肉じゃが缶、焼き鳥缶、カレーライス缶、更に缶ラーメンはやめておくか。カップ麺食べた後だし。

ちなみに缶の麺類は結構種類が豊富で十種類以上あったりする。

あとは缶のパンシリーズは味が数種類あるな。さあ、これだけ揃えれば幾らシュイでも満足するだろう。

自信満々でシュイに視線を向けると、缶が次から次へと空になっていく……新たな食事系の機能を覚えたくなったが、ぐっと我慢だ。今ある商品だけで勝負すると決めていたからな。ここでポイントを消費して違う商品や機能を得るのは卑怯だろう。

幾らなんでも無理だろうと高を括っていたのだが、缶が残り二つとなっている。

あ、うん、そうなんだ。ま、まだ負けてないぞ。さっきの冷凍食品シリーズのたい焼きを用意してから、商品を全てクレープにする。

主に鹿児島で販売しているクレープの自動販売機になり、種類が豊富なクレープを全種類準備した。

このクレープは味も抜群でボリュームも結構ある。ここまで食べた後にクレープを十個。これは胃に溜まるぞー。

「おっ、甘い物っすか！　ちょうど甘い物食べたかったんっすよ！」

あれぇー、すっごく喜んでいるぞ。

これってあっさり食べきられる気がする。

「美味しそうだね、ヒュールミ」

「ああ、旨そうだな、ラッミス」

二人がじっとクレープを見つめてから、俺に視線を向けて潤んだ瞳で何かを訴えかけてくる。そんな目をしなくても渡すよ、もちろん。

女の子はスイーツを食べている時が一番嬉しそうだ。緩んだ頬を押さえて、三人が微笑みながら頬張っている。

と和んでいる場合じゃない。シュイがもう少しで全て食べ終わりそうだ。

食後のスイーツタイムに移行するのが早かったか。今更、もう一度がっつり食事系に戻すわけにもいかないし、他にスイーツは……よっし、果物責めだ。

カットしたリンゴの袋詰めやバナナを選び出したのだが、

「あっさりした果物もいいっすよね」

パクパク食べていらっしゃいますな。

スナック菓子も出してみるが、即座に胃袋へと消えていく。

あ、うん、これは敵わない。もっと、食事系を充実しなければならない。その誓いを胸に秘め敗北宣言をしようとした、矢先、

「ハッコンもういいっすよ。満足っす」

なんと、シュイが待ちに待った言葉を口にしたのだ。

少しだけ膨らんだお腹を満足そうに撫で、椅子の背もたれに体を預けご満悦に見える。

ふははは、やった、彼女の胃袋を満足させたぞ。相当額を消費したが、彼女の胃袋が底無しでないことがわかっただけでも、満足のいく――、

「最近、ダイエットしてるんすよ。大食い大会でちょっとだけ体重が増えたんで。腹五分目でやめることにしてるっす」

なん……だとっ？　今、腹五分目って言ったのか？

俺も度肝を抜かれたが、ラッミスとヒュールミが目と口を限界まで開き、唖然としてシュイを見つめている。

「大食い大会は楽しかったなー、量があの倍あったらもっとよかったっす」

もうね、ごめんなさい。参りました。

シュイに勝とうなんて甘い考えでした。もっと食事系の機能を増やしてからリベンジさせてもらうよ。

食事系に関してはまだ取得していない、とっておきの自動販売機が幾つかあるから、それを覚えたら今度こそ満腹にさせてみせる。

今は敗北を認めて、この言葉を贈（おく）ろう。

「またのごりようをおまちしています」

数ヶ月後、今とは比べ物にならないぐらい食べ物が充実したので、実際にリベンジすることになるのだが、その結果は――。

新たな階層

清流の湖階層で、いつものように商売を続けているのだが、最近は需要が減ってきている。

だからといって儲かっていない訳じゃない。大口の注文である飲食店には定期的に食材を卸し、シャーリィにも避妊具を提供しているので利益としては充分だ。

早朝の四人衆、門番の二人、その他にも常連は通ってくれているので黒字なのだが、明らかに売り上げは減っている。

利益を求めるなら別階層に移動して商売をするのもありだが、ここは居心地がいいので定住するのも悪くない。

もっとも、自力では動けないので移住するにしてもラッミス任せなのだが。

「ハッコン！　ケリオイル団長が頼みごとあるんだって。一緒に行こうね」

考え込んでいたところに声を掛けてきたのはラッミスだった。

団長からお呼びがかかったか。前から調査に出ているという話だったから、次の遠征場所が決まったのかもしれないな。階層主と争うのであれば、ポイントは大量に確保しておこう。食料提供と〈結界〉の発動と維持。それが俺に課せられた役割なのだから。


「おーよく来てくれたな。まあ座ってくれ」

愚者の奇行団のテントに招かれた、ラッミスとヒュールミと俺が団長の前に座り込む。

前回、シュイが自慢する為に中に入った時以来だな。大きなテントの内部には鉄で枠組みを補強した木箱が幾つか転がっていて、団員の何人かがその箱を開けて中を弄っている。どうやら団員たちの私物が入っているようだ。

「前から話していた通り、次に倒す階層主が決まった。亡者の嘆き階層の死霊王討伐を予定している。それに、ハッコンたちも参加して欲しい」

聞くからに物騒な名前の階層だ。どう考えてもアンデッド系が豊富な場所だよな。おまけに死霊王ときたか。イメージでは高そうなローブを身に纏った骸骨の魔法使いだが、実際はどんな感じなのだろうか。

「亡者の嘆きか。確か死人魔や骨人魔とかキモいのがてんこ盛りの階層だよな。って、そういや……ラッミス」

ヒュールミが何かに思い当たったらしく、俯いたまま一言も発していないラッミスの顔を覗き込んでいる。つられて彼女を見つめているのだが……体が小刻みに震えてないか？

「本当に、そこに、行くの？」

なんで区切りながら話しているのだろう。

「ああ、その予定だが。ラッミス都合が悪かったか」

「え、ううん、そうじゃないけど、そうじゃないけど、そこは止めにしない？」

珍しく消極的だな。声も小さいし、これってもしかして……ラッミスってホラー系苦手なのか？　明らかに怯えているよな。

「昔っから怖い話とか苦手だったもんな。ビビってんだろ」

「ち、違うし！　もう、子供じゃないんだから平気だし！」

何処からどう見ても強がっているだけだ。そうか、苦手なのか。その階層が何処までホラーチックなのかにもよるが、ああいうのダメな人は本当に無理だからな。

俺は昔、ホラー系が大好きな友人にその系統の映画を何作も見せられ、お化け屋敷巡りをさせられた苦い経験があるので耐性が付いている。たぶん、大丈夫だろう。

「あー、怖いの駄目か。あそこの敵は、動く死体と骸骨、後は幽霊ぐらいだぜ。平気平気。豊豚魔の方がよっぽどキモいぞ」

「団長。普通、そういうのが怖いのですよ。皆が団長みたいに神経図太い訳ではないのです」

副団長のフィルミナにたしなめられ、ケリオイル団長が肩を竦めている。

「オレは話に聞いた程度の知識しかないが、亡者の嘆き階層ってどんな場所なんだ」

「そうですね。昼夜問わず、空は厚い雲で覆われ稲光が煌めき、肌寒く、今にも朽ち果てそうな墓石がそこら中に転がっているぐらいでしょうか」

フィルミナさんの説明を聞いて、完全に萎縮したラッミスが俺に抱き付いている。触れた部分から震えがもろに伝わってくる。本気で怯えているのか。

この様子だと亡者の嘆き階層にはラッミスは参加できないかもしれないな。

「ラッミス、お前さんマジでビビってんのか？」

「ケ、ケリオイル団長。そ、そ、そんなこと、ないよ。お化けとか怖がるなんて、子供じゃないんだしぃ」

「無理すんな。ガキの頃なんて怖い話聞いただけで、夜トイレに行けなかったじゃねえか」

「ヒュールミ！　そんな昔の話、言わなくてもいいでしょ！」

わかりやすく狼狽している。この調子だと戦力外どころか同行するのも辛そうだ。

「困ったな。ラッミスが無理となると、誰がハッコンを運ぶかって話になるんだが。うちの面子でそんな怪力は今いねえよな」

「そうですね。軽々とハッコンさんを運べる人材はこの場にいませんね。とはいえ、ハッコンさんが同行されないとなると、食料面の問題で長期遠征は不可能となります」

「死霊王は固定の場所にいるわけじゃねえから、探すのに一苦労するんだよな。腰を据えて探索するにはハッコンは欠かせねえ」

団長と副団長が腕を組んで唸っている。魔物や化け物が徘徊する世界でも、幽霊やホラー系はまた違った怖さがあるよな。苦手な気持ちも良くわかるが、移動手段を失ったら俺はただのお荷物と化してしまう。

「ちょ、ちょっと待って。みんな、私が行けないと決めつけているみたいだけど、全然平気だしぃ。むしろ、怖いの得意だしぃ」

無理をしているのが見え見えだ。口調からしていつもと違う。

実際に行ってみないことにはなんとも言えないところがあるが……ラッミスはどう考えても無理っぽい。

「じゃあさ、一回お試しで亡者の嘆き階層行ってみようぜ。ケリオイル団長、そこにも集落はあるんだろ？」

「おう、あるぜ。規模はここには及ばねえが、それなりに立派なもんだ。一部の特殊な趣味の奴らに結構人気のある階層でな。一般の人も結構やってくるそうだぜ。なあ、副団長」

「まあ、大半が怖いもの見たさですが。世の中にはそっち系も需要があるようです。幽霊や怪奇現象が日常の階層ですからね」

有名なホラースポット扱いなのか。そういうのが好きな人にはたまらんのだろうな。金持ちの暇人やノリの軽そうな若者が来てそうなイメージがある。

「ヒュールミの提案に乗るか。まずは集落で過ごしてみて階層の空気に慣れてもらうとしよう。どうしても無理そうなら、別の手段を考えるってことでいいか」

誰からも反論が無かったので、お試しで亡者の嘆き階層に移動することとなった。ラッミスの顔から血の気が引いているのが気掛かりだが、どの程度苦手なのかを事前に知っておかないと命に関わるからな。


転送陣で移動した亡者の嘆き階層は予想以上の場所だった。

始まりの階層以上に薄暗く、遠くで頻繁に稲光が見え雷鳴が轟く。集落に建てられている建造物は適度に古びていて、何故か洋館風の建物ばかりだ。

街灯が至る所に設置されているので、歩くのに不便はない。住民は黒や紺といった色彩を好んでいるようで、服装も街並みも地味な色で統一されている。

住民ぐるみで明らかに狙ってないかこれ。わざわざ恐怖を増長させる演出をしている様にしか見えない。

ハンターも結構な数がいるようで、彼らは鎧やローブといった一般的なハンター装備だ。

「まあ、こんな感じで雰囲気はあるわな。どうだ、ラッミス」

「ひうっ。だ、大丈夫。別に普通かな」

動揺しているなぁ。あちこちを見回す姿が完全に挙動不審だ。怖いのはわかったから、もう少し落ち着こうな。自動販売機を背負って震えているラッミスを、ここの住民が不審な目で見ているから。

「取り敢えず、宿屋に行くか……」

ケリオイル団長の顔に苦笑いが浮かんでいる。これは無理そうだと諦め気味だ。正直、俺も駄目だと思う。

この階層に馴染んでもらうのが目的なので、今日は団長とラッミス、ヒュールミしか来ていない。数日、集落で過ごすだけなのだが、明日まで保つかどうかも怪しいぞ。

物音がする度にラッミスが体を縦に揺らすので、視界が激しく動く。中の炭酸飲料大丈夫だろうか。

数日お世話になる予定の宿屋に着いたのだが、ここも雰囲気のある宿屋だ。

建物としては古くもなく外装も立派なのだが、何故に蔦を壁に這わした。入り口の扉の前に設置されているランタンから漏れる灯りも、適度な光量で雰囲気はバッチリだ。

二階建てなのだが、二階の隅の部屋の窓だけ外から板が打ち付けられているのは、どういう意味があるのだろうか。あ、その板の隙間から覗いている女性がいたような気が……きっと目の錯覚だな、うん。

幽霊が現れても何ら違和感のない宿屋だ。ホラーゲームだったら及第点は貰える外観をしている。

「こっ、こっ、こっ、ここで寝泊(ねと)まりするんですかっ」

動揺しすぎて鶏(にわとり)みたいになっている。ここまで怯えていると、もう帰してあげたいのだが、当人はまだ頑張(がんば)るつもりみたいだ。

「そうだな。あれだ、無理そうだったら何時(いつ)でも言ってくれ。清流の湖階層に戻(もど)るからよ」

「な、な、な、何言っているんねーん。平気でんがなー」

ああもう、支離滅裂(しりめつれつ)だ。方言も滅茶苦茶(めちゃくちゃ)になっている。

「はぁぁ。団長、オレがついているから大丈夫だ。ヤバくなったらすぐに連れて帰るぜ」

「お、おう。そうしてくれ。ハッコンを運ぶ他(ほか)の方法考えておくからよ」

それが賢明(けんめい)だと思う。ただ、人は慣れる生き物だから、少しの間ここで過ごせばラッミスに耐性が付く可能性も微量(びりょう)ながら残されているけど。

期待はできないが、温かく見守ることにしよう。

先頭のケリオイル団長が入り口の扉に手を掛けて押すと、扉がギーッと軋(きし)みながら開いていく。こういうところもホラーチックなのか。

扉の先はホールになっているのだが、屋外より室内の方が薄暗いってどうなんだ。それに付け加え、インテリアが黒で統一されているところに店主のこだわりを感じる。

そして宿屋には必要ないと思われる肖像画(しょうぞうが)が高い位置にずらっと並んでいるな。薄(うっす)らと笑(え)みを浮かべているのが不気味に見えるのは、この場の空気のせいだろう。

おどろおどろしい雰囲気が出ている。ラッミス……怯えているのはわかるのだけど、背中にいる俺に手を回して、そんなに強く摑まれると――。

指が体にめり込んでいる、めり込んでいる！　メキメキって立てたらダメな音がしているのですがっ。

《1のダメージ。耐久力が1減りました》

「いらっしゃいませ……愚者の奇行団様ですね。お待ち……しておりました」

すっと音も立てず目の前に現れたのは、長い黒髪の女性だった。フランス人形が着ていそうな黒のドレスがやけに似合っている。

髪が床に付きそうなぐらい長く、前髪が口元まで伸びているので顔が殆どわからず、唇は鮮血を塗ったかのように赤い。その唇がニヤリと意味深に口角を吊り上げた。

「ふぃぃぃ……」

あ、限界に達したラッミスが直立状態から、そのまま後方へと倒れた。

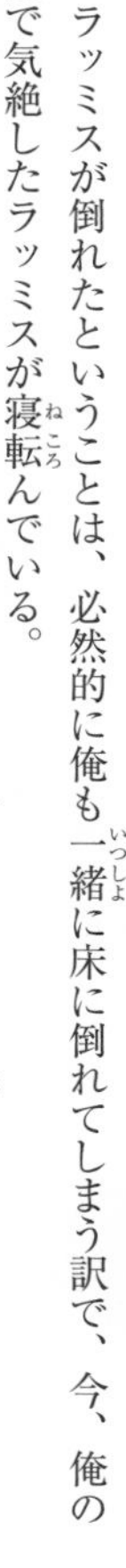

お化け対策

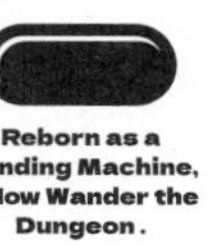

ラッミスが倒れたということは、必然的に俺も一緒に床に倒れてしまう訳で、今、俺の上で気絶したラッミスが寝転んでいる。

気のせいだとは思うけど、俺に触れているお尻の部分が若干湿っているような……全く関係ないけど、商品のオシャレな下着を後で提供した方がいいのだろうか。

不幸中の幸いにも、女性下着専門の自動販売機は存在する。

「おいおい、まいったな。ここまで苦手だとは」

「これでも、ガキの頃に比べれば耐えた方だぜ。ラッミスは部屋まで運ぶとして、ハッコンはどうしようか」

意識を放棄したラッミスは背負子の革紐を外され、ケリオイル団長に担がれている。俺はこのままだと宿屋の営業妨害になるので、一旦〈ダンボール自動販売機〉になっておく。

「これなら誰でも運べるな。女将、宿屋の前にハッコンを設置するが構わないか」

「はい……その方がお話しになられていた……意思を持つ魔道具なのですね……ふふふ、

神秘ですわ」

この人、宿屋の女将さんなのか。占い師とか副業にしたら似合いそうだ。

ヒュールミに抱き上げられ、宿屋の外にそっと置かれた。扉脇というのが俺の定位置に成りつつある。まあ、自動販売機の設置場所では定番中の定番だから文句はない。

「ほんっとに、ビビりだよな。昔っからああなんだぜ。怖い話とかしたら両手で耳を押さえて、あーあーって叫んでいたっけな。懐かしいぜ」

昔を思い出したのかヒュールミの目尻が下がり、優しい表情で微笑んでいる。こうしてぼやいてはいるけど、二人はかなり仲がいいよな。二人が会話しているのを眺めていると、仲の良い姉妹にしか見えない時がある。

「いつもなら、とっくに逃げ出しているんだが、今回は譲れないみたいだな」

あれだけ怯えていたら普通は泣きが入って逃げ出すよね。

もしかして、俺を運ぶ人がいなくなると困る人がいるから頑張って耐えてくれているのだろうか。だとしたら、あまり無理をして欲しくないのだが。

「ハッコン。もしかして、見当違いのことを考えてねえか？　ラッミスがなんで意地になって恐怖を克服しようと……って、オレが教えるのも癪だな」

「あたりがでたらもういっぽん」

今の発言はどういう意図があるのだろうか。意味深な物言いで、流し目を注いでいるだけで、ヒュールミはそれ以上は語ろうとしない。

自分で考えろってことだよな。意地になって克服しようとしている理由か。敵討ちの為に強くなりたいと願っている彼女としては、この程度の恐怖は乗り越えないと意味がないと思っているとか。

「まあ、じっくり考えてみるこったな。んじゃ、俺はラッミスの様子見てくるぜ」

結局答えは教えてくれないのか。立ち去るヒュールミの背に疑問を投げかけたかったが、その言葉を俺は有していない。

わからず終いだが時間はある、のんびり考えるとしようか。

「お、何だこれ。変な物がガラスの向こうに並んでいるが、何だこれ？」

おっと、亡者の嘆き階層での初めての客か。金属鎧を着込んだハンターらしき若者だな。額が付きそうなぐらい顔を寄せて、商品を覗き込んでいる。

では、いつもの商売を開始するとしよう。

「いらっしゃいませ」

「うおっ、誰だ!?　お前らか？」

「ちげえよ。その箱から音がしたように聞こえたぞ」

仲間の一人が指摘すると、今度は三人全てが俺を凝視している。

「こうかをとうにゅうしてください」

「おおう、マジでこの箱から声がしやがった。硬貨を投入してくださいってなんだ？」

三人は騒いでいるだけで硬貨を何処に投入していいかもわからず、慌てふためいているだけだ。やっぱり、普通はこんな言葉だけじゃ通用しないよな。

いつもは立て札を隣に置いてもらい、簡単な取扱説明書を張りつけてもらっているので、初心者でも対応できるのだが、今日は何もない状態でどうにかするしかない。

今までなら言葉を繰り返すしか手はなかったが、俺だって自分の体と機能を把握してきている。様々な手段を模索し、幾つかの方法を導き出している。そう、俺は進化する自動販売機なのだ。

まず商品を覆い隠すことになるが〈液晶パネル〉を設置する。そして、そこに予め録画しておいた映像を流す。

「おおっ、箱の中に女がいるぞ。ねえちゃん、これどうやって買えばいいかわかるか？」

若者はパネルに映る女性に声を掛けているが、録画した映像が返事をするわけがなく、映っている女性――ラッミスが無視をしてコインを握った手を伸ばしている。

そして「どれを買おうかなー」と迷いながら人差し指を立てて、相手を指差すような動作をした。その後、屈みこみ立ち上がった彼女の手には、コーンスープが握られていた。捻って蓋を開け、美味しそうに飲み干す。

そこで録画した映像は終わりなのだが、俺は繰り返して流し続ける。

「どういうこった。何でこの女は同じこと繰り返してんだよ」

「これって、幻影じゃねえか。映っている女が小さすぎるだろ。それに動きが全く同じだ」

暫く三人が集まってあれやこれやと討論を続け、結論に達したようだ。

「つまり、この女は俺たちに、この魔道具の使い方を教えている。そうだな」

「いらっしゃいませ」

時間はかかったが、何とか正解に辿り着いてくれた。今度はじっくりと映像を見つめ、使い方を覚えた一人が商品を購入してくれた。

「よっしゃあ、買えたぞ！」

「おー、そうやるのか」

「なるほどなぁ」

いつの間にか人が周囲に集まっていて、無事商品を購入できたハンターたちに感心している。興味はあったが何かわからずに観察していた人たちのようだ。

「これはこう捻って開けるんだよな。で、飲んでみるか……くはぁ、うめえぇ！　キンキンに冷えてやがるぜ。五臓六腑に染み渡りやがる」

彼の反応が何よりの宣伝となり、きっかけに次々と商品が売れて行く。物珍しさと、この異世界では未体験の味に面白がって購入していく人が多い。

順調な滑り出しだぞ。ラッミスが帰りたいと泣きついてくるまでは、暫く稼がせてもらうことにしよう。

◆

ある程度商品を捌いてわかったのだが、この階層では温かい商品が良く売れる。住民の服装も厚着している人が多く、どうやら冬とまではいかなくても寒いようだ。

清流の湖階層は初夏に近い気温だったのだが、ここは真逆の気候らしい。お客の吐き出した息が白くないので十度前後かもしれないな。

そんなことを考えていると客足も絶え、通りに人影も減ってきている。薄暗かった辺りは完全な暗闇に支配され、どうやら夜が訪れたようだ。

日中も薄暗いとはいえ、夜と昼間の明るさは雲泥の差がある。集落内には街灯もあるのだが、その灯りを闇が侵食しているかのように、微量な光を漏らしているだけで充分な灯りだとは、お世辞にも言えない。

自動販売機になって夜は何度も経験しているが、この闇夜は違和感がある。不自然なぐらいに暗いのだ。辺りの建物の窓から灯りは漏れているのだが、明るいのはそこだけで周辺を全く照らしていない。

黒の世界にポツンポツンと光が点在するだけで、あとは一面の闇。ここまで暗いと、そりゃ誰も歩き回らないか。雑音も存在せず、現実と虚構の区別がつかなくなりそうなぐらいに、非現実的な光景。

亡者の嘆きと名乗るだけのことはある。ここの闇は特殊なのかもしれないな。魔物を討伐するにしても夜は避けて、昼間行動するべきだ。

人っ子一人いないので商売にならないと省エネモードに移行しようとすると、向こうの方から、ほんのり光る何かが寄ってきた。

手にランタンでも持っているのだろうか。その光源は近づくにつれ徐々に大きくなっていくのだが、その光に違和感を覚えていた。

光に照らされるべき人がいないのだ。その灯りは単独で浮いている。ゆらゆらと揺れながら、人であるなら腰の高さを維持しながら迫ってくる。

嫌な予感しかしない。足があるなら、直ぐにでも宿屋に逃げ込みたいのだが、残念ながら自動販売機に逃走手段は存在しない。

この体になって精神が強くなったと思っていたのだが、それは勘違いだったようだ。本体内部から異音が響いている。自動販売機になった俺が少しビビっているだと……。

恐怖と好奇心の板挟みになりながら、俺は目を凝らしそれを注意深く観察した。

それは炎を纏う頭蓋骨だった。って、炎飛頭魔じゃないか！　なんだ、ビビって損した。

普通ならホラーな光景なのだろうが、相手の弱点もわかっているし何度も倒してきた、今更怯える必要がない。

正体がわかったら余裕が出てきたぞ。恐怖は掻き消えたが、問題は魔物が集落内に現れたことだよな。夜になると当たり前のように集落を魔物が徘徊するとなると、夜は迂闊に出歩けないのか。

っと考えている間に、他にも炎に包まれた頭蓋骨が現れている。見える範囲だけでもその数は八。何故か建物内部には入ろうとせずに彷徨っているだけで、奴らの目的がさっぱりわからない。

あれっ、今度は炎飛頭魔と一緒に骸骨が現れた。こいつは体もあるただの骸骨だな。いや、動いていることが普通じゃないか。おっ、半透明の人間も出てきたぞ。あれがこの世界の幽霊か……野外のお化け屋敷状態だ。

これだけ、堂々と何体もいると怖くないな。というよりホラー要素が薄い。幽霊っぽい半透明の人も普通の服装で歩いているだけだし、人を脅かしたいのなら、もうちょっと工夫が欲しい。下半身が千切れて内臓を引きずりながら、恨めしそうな声を漏らし手で走るとか、日本のお化けを見習ってほしいところだ。

呑気に観察していられるのも、どの魔物も建物内部に入ろうとしていないからだ。この集落の住民が何かしらの対策をしているのかもしれないな。

念の為に〈結界〉を発動しているのだが、魔物が寄ってこない。自動販売機である俺に興味が全くないようだ。

今後、この階層を探索することになるのだから、色々と試しておくのも悪くないよな。対アンデッド用の商品なんてあったか。

んー、定番なら塩？　塩か……ありそうで、意外と自動販売機に置いてない商品の一つなんだよな。岩塩なら購入したことあるから、一応試してみるか。

透明な筒状のケースに入った岩塩を取り出し口に落とし、ケースだけ消して岩塩を〈結界〉で飛ばしてみる。狙ったのは骸骨だったのだが、狙いが逸れて幽霊に命中――素通りしたな。幽霊だけに物理攻撃を一切受け付けないのか。

コロコロと地面を転がる岩塩を魔物たちが一瞥しただけで、特に何の反応も示してくれなかった。効果は全くないと。

他に効き目がありそうなのは……あ、あれはどうだろうか。京都の映画村で有名な町にあった〈仏像自動販売機〉で購入した仏像と数珠。

俺が知っている変わり種商品トップテンに入る逸品だ。信じられないかもしれないが、本当に売っていたのだ。手のひらサイズでかなり小さいのだが、ちゃんとした仏像だった。

相手がお化けなら効果があるかもしれない。あの時購入した仏像二体と数珠を〈結界〉で弾き出し、じっと見守ってみる。

魔物たちは謎の物体に興味をもったようで近寄っては来るのだが、何の影響も与えていない。いや、数が足りないだけかもしれない。やるだけやってみるぞ。

「よー、ハッコン。昨日は眠れたか……うおおおっ、なんだこれ！　何で地面に妙な形をした人形とか石が転がってんだ」

もう、朝なのか。昨日は魔物たちを相手に岩塩や仏像の効力を試していたのだが、徹夜で朝までやっていたとは。

良い考えだと思ったのに、異世界は宗派が違ったかっ。

特訓

亡者の嘆き階層に来てから二日目の朝を迎えた。

相変わらず薄暗いが、あの夜を経験すると、この程度の明るさでもホッとする。

ケリオイル団長は早朝に転送陣で他の階層に移動したようだ。この階層の攻略メンバーを連れてくると言っていたな。あと、俺を運べるような人材がいないか探してくると。

ラッミスまでとは言わないが、荷台に載せた俺を運べるぐらいの力があればいいのだが。

「ハッコン様……昨晩はお楽しみになられましたか？」

今後のことを思案していると宿屋の女将さんが隣に寄り添っていた……いつ来たんだ、これっぽっちも気づかなかった。

今も視界に捉えているというのに存在感が皆無。この人が幽霊と言われても納得してしまいそうだ。

「ここは……夜になると……魔物が集落の中にも現れますので……腕に自信がある御方以外は……外出禁止なのですよ……」

昨日の謎は解けたけど、先に教えて欲しかったな。

「ここの魔物は……生ある物を羨みます……なので、ハッコン様には無害……襲われることもなかったと思います……」

だから、俺に寄ってくるわけでもなく、建物の中を覗き込んでいただけなのか。

「ハッコン様は……我々よりも……彼ら寄り……いえ……失礼しました……」

意味深なことを口にして立ち去るのは、止めてもらいたいのだけれど。あの姿でそれっぽいことを口にされると、無条件で信じてしまいそうになる。

しかし、何が言いたかったのだろうか。人間よりも幽霊とかそっち系だと言いたかったのかね。だとしたら間違いではないよな。魂が自動販売機に乗り移っているような存在だし。

でも、女将さんより幽霊寄りと言われるのはどうかと思う。

「ハッコン。ごめんね、昨日は」

女将さんと入れ違って現れたのは、意気消沈したラッミスだった。

俯きながら俺の隣に並ぶと、腰を落として背を預けてくる。体が震えてはいないようだが、お世辞にもいつもの状態だとは言えない。

「いらっしゃいませ」

「子供の頃から怖いのが苦手で、少しは克服できたかと思っていたのに、全然だめだった。

はあああああああああああああぁぁぁ」

口から魂が抜け出そうなぐらいの落ち込み具合だ。俺も怖くて気絶する人なんて初めて見たが、当人としては深刻だよな。

「ずっとハッコンと一緒にいるって言ったのに、こんなんじゃダメダメだよね」

「ざんねん」

「ほんと、残念だよね……」

駄目だ。ネガティブモードに入って、言葉をそのまま受け取ってしまっている。どうやったら励ましてあげられるだろうか。

「ったく、らしくねえな。考える前に行動するのがラッミスだろ。苦手なら克服すればいいだけだ。そうだろうがよ？」

ヒュールミも来ていたのか。落ち込むラッミスを見かねて、腕を組んだ状態で提案を口にした。怒っているようにも聞こえるが、実は心配しているだけだ。

そうだよな、どうにかしたいと思っているなら何とかすればいい。単純だが、こんなにわかりやすいこともない。

「そ、そうだね！　うん、苦手なら慣れたらいいだけだよ！」

「よく言った。じゃあ、オレが恐怖を克服する特訓してやるよ」

「特訓……うん、苦手のままじゃダメだよね。はい、教官お願いします！」

拳を振り上げ、やる気を出すラッミスを見てヒュールミが満足げに微笑んでいる。若干楽しそうに見えるのは気のせいだと思いたい。

「じゃあ、まずはこの集落を散策することから始めようぜ」

「お散歩……ですかっ」

途端シリアスな顔つきになって唾を飲み込んだ。難しいことは一つも言ってない筈だが。

大きく深呼吸をして体を一回転させて三百六十度確認すると、ビシッと額に手を当てて敬礼のポーズを取った。

「無理そうです！」

「折れるの早すぎだろ。あのなぁ、空はただの曇り。そこら辺はちょっと薄暗いだけ。別に怖かねえだろうに。清流の湖でもこんな日あったろ」

「そうだけど、ここは雰囲気が違うの！　清流の湖階層が蛙人魔だとしたら、ここは王蛙人魔なのっ！」

わかるような、わからないような喩えだな。

でもまあ確かに、この場所はただ暗いだけじゃなくて空気が重く湿気がきつい。俺の体に水滴がついている。

「んじゃ、諦めるか？　とっとと清流の湖に戻って、ハッコンはオレたちと一緒に探索するから、暫く待っていてくれよ」

「それは、イヤ！」

「だったら、頑張るしかねえよな。ってことで、まずはここを真っ直ぐ行った先に雑貨屋があるから、そこで回復薬を買って来てくれ」

「う、うん。じゃあ、ハッコン行こうね」

そう言ってラッミスがいつものように俺を背負う為にしゃがみ込んだのだが、その背に置かれたのはヒュールミの手だった。

「独りでだ。独りで行こうな」

「嘘、でしょ……」

「マジだ。そんなこともできないようじゃ、集落の外になんて一生いけねえぜ」

「や、やってやるわ。ま、任してよ。子供じゃないんやから、余裕やって」

ラッミスは相変わらず口調で動揺が手に取るようにわかるな。ここは集落の大通りだから、人通りもそれなりにあるから怖がりでも大丈夫だろう。

「う、うん。うちならやれる、いける、負けへん」

大丈夫かな……拳を握りしめてぶつぶつ言っているけど。

覚悟を決めたラッミスが雄々しく立ち上がると、キッと前を見据えて堂々とした足取りで進んでいく——十歩ほど。

そこで、ちらっと一度こっちを振り返る。ヒュールミが微笑みながら手を振ると、引きつった笑みを浮かべ小さく手を振り再び歩きだした。

　おっかなびっくり歩を進める彼女を見てふと思った。初めてのお使いに向かう子供を見送る親の心境は、こんな感じなのだろうかと。

　更に数歩進むが、人とすれ違う度に大袈裟に体を揺らして驚いているな。それでも、足を止めずに歩いている。頑張れ、ラッミス。

　あっ、近くの民家の扉が大きな音を立てて開いた。その場で二メートル近く跳び上がると、くるっとこっちに振り返って、全力で駆け戻ってきている。

「ハッコオオオォォン！　無理いいぃぃぃぃ」

　あーあ、半泣きじゃないか。進むのに数分かかったというのに、戻るときは五秒程度だった。俺に飛び付くと抱き付いたままガタガタ震えている。

　よしよし、怖かったな。ほら、温かいコーンスープ飲んでいいから落ち着いて。甘いジュースの方がいいかな。じゃあ、両方落とすから好きな方飲んでいいよ。

　でも、水分を取るとあっちの心配が出てくるか。深い意味はないんだけど、紙オムツの自動販売機もあるから、いざという時は！

「ラッミス……ハッコンも甘やかすなよ……」

　額に手を当ててヒュールミが大きく息を吐いた。すまん、甘やかしている自覚はある。

　でもなあ、ここまで怖がっているのなら無理せずに撤退した方がいいって。ハンターと

して強くなりたいなら、いずれ克服しなければならないけど、今は焦らずに徐々にやっていくしかないだろう。

「もう、帰るか？」

「ハッコンを背負ったらいけると思う。うん、きっといける！　ほ、ほら、うちはハッコンを運ぶ役だから、ハッコンを背負ってないとダメだと思うの、うちは！」

ラッミスが必死だ。求められるのは嬉しいのだけど、完全に保護者の立ち位置だよな。

「じゃあ、ハッコン背負っていいから行ってこい」

「うん。ハッコンと一緒なら平気だよ。ねっ、ハッコン」

だといいが。でもまあ、お化け屋敷だって一人で行くのと自動販売機を背負って行くのとでは雲泥の差が……自動販売機背負ってお化け屋敷に入る人を見たことないな。

「ハッコン、ちゃんといる!?　ちゃんと背中にいる!?」

「いらっしゃいませ」

「ほ、本当！　本当にいるよね！」

「いらっしゃいませ」

「背中から離れたらダメだよ！　絶対にダメだからね！」

「いらっしゃいませ」

自転車に乗れない親戚の子供の手伝いをした時を思い出すな。

自力で動けない俺が離れるわけがないというのに、居るかどうか不安になるってことは、これだけの重量が背に乗っているというのに殆ど重さを感じていないってことか。それだけの力があれば、夜に見た魔物ぐらい一撃粉砕できるのにな。

「頑張るから。うち頑張るから。だから、一緒に、一緒に探索しようね」

震えながらも歯を食いしばり、一歩一歩踏みしめながら歩いている。

そうか、鈍い俺でもようやく今わかった。ラッミスは俺と一緒にいる為に、こんなにも必死になって怖さを乗り越えようとしているのか。

だったら、全力で応援して共に恐怖を乗り越えるべきだよな。雑貨店までは結構距離が残っている。彼女が少しでも怖がらずに目的地に到達する為に何か機能で使えそうなのは。

気持ちを安らげる効果……リラックス……となると香りか。バラの匂いとかグレープフルーツの匂いがいいと聞いたことがある。アロマテラピーにハマっていた友人が力説していたような。あと、コーヒーの匂いも落ち着くらしい。

となると、花の自動販売機や果物の自動販売機に変化するのがいいのか。いや、待てよ。その自動販売機になったところで、漏れ出る匂いなんて極僅かだ。もっと、直ぐに判別できるぐらいの強い香りを発生させるには——これを取るか。

機能の欄にあった〈芳香器〉を選ぶ。これはトイレ等で悪臭を紛らわせるタイプの物ではなく、販促用の〈芳香器〉だ。

自動販売機に簡単に組み込めるタイプの物で、香りの種類も百種類以上あり、人感センサーで人がいるのを察知すると、機械に組み込まれている香りのカートリッジから芳香を放つ装置である。この機能を生かす為に〈人感センサー〉も取得しておいた。

売っている商品の香りで人を引き付ける為に使われる装置なのだが、その匂いは結構強めになっているので、背負っているラッミスにも届くはずだ。

百種類ある匂いの中にはグレープフルーツとコーヒーの香りもあるな。効果を期待して香りを放ってみるか。

「あー、何か良い匂いがしてきた。柑橘系かなぁ」

おっ、ラッミスの背中から伝わってきていた震えが消えたぞ。これはリラックス効果なのか、ただ単に気が紛れただけなのかはわからないが、恐怖心が薄れたならどっちでもいい。この調子でラッミスの為に色々やってみるぞ。幾つか試してみた結果、恐怖心を誤魔化せたのは〈芳香器〉の香りと〈ジュークボックス〉の音楽だった。一番効き目があったのはジャズを聞かせながらコーヒーの香りを漂わせた時で、フォルムチェンジには二時間縛りがあるので、基本は〈芳香器〉メインでやって、いざという時だけ音楽もプラスするという作戦が有効だと思う。

まあ、音楽の演奏があるとラッミスは落ち着くようだが、周囲からの奇異の視線が半端ないことになるので、そこは気づかないで欲しいところだ。

メンバー

毎日、数時間だが過酷な特訓をこなしてきたラッミスはこの環境に適応しつつあった。

特訓内容は俺を背負って集落内でのお使い。夜一人で宿屋内のトイレに行く。俺を背負って集落内の散歩。

あまりに辛い内容に何度も心が折れそうになっていたが、不屈の精神で乗り越え、俺を背負った状態なら集落内を自由に動けるようになった――甘いかな、俺って。

まあその代わりに、いい香りを漂わせながら陽気な音楽を流し、巨大な鉄の箱を背負って彷徨う少女という、この集落での怖い噂話が一つ増えたらしいが些細なことだろう。

「ヒュールミ、うちはもう完璧だよ！　怯えることもなくなったから」

急に脇道から人が出てくると未だに跳び上がりそうになるぐらい驚くことはあるが、確かに以前と比べたら着実に進歩している。

「そうかそうか、オレもラッミスの頑張りをこの目でしかと見てきたぜ。じゃあ、次のステップに進むとしようか」

「なんでも、ドンとこいよ！」

胸を力強く叩き自信満々だ。この数日の特訓でかなりの自信を手に入れたようだ。

「おお、言うじゃねえか。それなら、次はハッコンを背負わずに、集落内を――」

「無理です勘弁してください」

言い終えるよりも早く腰を九十度曲げて素早く頭を下げた。なんという潔さ。一瞬の躊躇いもなかったな。まだ一人でぶらつくのはハードルが高いようだ。

「探索でもハッコンが常に一緒だから大丈夫だとは思うがあれだな、問題は集落の外に出ても平気かって話だ」

「だ、大丈夫だよ。ほら、他にも人がいるわけだし。一人じゃないし」

「まあ、そっか。そういや、予定では今日探索メンバーを連れてくるとか言ってたな団長」

おっ、ようやく本番の死霊王捜索を始めるのか。いつもの愚者の奇行団の面々に加えて誰か別の人も参加するのかな。アンデッド系が多いから、僧侶とか神官みたいな人が来るのだろうか。清楚な感じのシスターとかいいよね。

この世界での回復職は俺の知りうる限りでは、傷を癒せる系統の加護を所持している人が担当するらしい。早朝常連のお婆さんが、その加護持ちだという話だ。

傷を治す魔法も存在するらしいので、俺としては見るからに淑女といった感じの女性や神官戦士風の男性を期待したい。

「っと、ここにいたか。今回、探索する面子連れてきたぞ」

この声はケリオイル団長か。特訓の為に集落内をうろちょろしていた俺たちを探していたようだ。

二人が振り返り、俺も視界を団長へと向ける。

団長の後ろには大食い大会で活躍したベリーショートの吸引娘シュイと大食い団四人。紅白双子がいる。ここまでは、いつものメンバーだが他にも参加者がいるようだ。

「お久しぶりです、ハッコンさん。それにラッミスさんとヒュールミさんも」

漆黒の鎧に爽やかスマイル。あれっ、ミシュエルも同行するのか。戦力としては申し分ない人材だが……これだけの大人数、コミュ障の彼は大丈夫なのか。

「ミシュエルはお前さんたちも知っているだろ。今回、お試しで愚者の奇行団に加入することになった。俺たちとしてみれば孤高の黒き閃光が仲間になってくれるなら、もろ手を挙げて歓迎するんだが。今回の遠征でうちの団を見極めるそうだ。なあ、ミシュエル」

「いえいえ、皆様の足を引っ張らないか、私が支障なく共同作業を行えるか。そこを知っておきたいだけです」

謙遜しているように見えるが実際は後半部分が重要なのを、この場では俺だけが知っている。今も普通に受け答えしている様に見えるが、鎧の中は緊張で汗まみれだと思う。

追加は彼だけのようだが、聖職者関係はこの世界にいないのかな。少し残念だ。

「んじゃ、適当な店に入って遠征内容と簡単な方針を説明するぜ」

そう言った団長に促されるままに、近くの飯屋に全員が流れ込んでいく。

そこは中規模の店で飯時ではないので他に客はなく、急な団体に戸惑っているように見える。店員も一人しかいないようだし。

「こんな大人数ですまんな。暫く借切らせてもらえないか」

団長は駆け寄ってきた給仕の女性に、金貨を一枚親指で弾いて渡した。

それを見た途端に態度をコロッと変え、店の奥の丸い大テーブルへと案内してくれると、入り口の扉前に何か看板のような物を置きにいった。たぶん、貸切り中みたいなことが書かれているのだろう。

全員が席に着き、俺も椅子を一つどけた後に置かれた。

「食い物と飲料は適当に頼むぞ。ああ、お前ら物欲しそうな目で見んな。わかってるっての、食い物大量に頼んでやるよ」

シュイと大食い団に潤んだ瞳で見つめられ、団長が大量注文している。この五人がいるとエンゲル係数が一気に跳ね上がるよな。飲食店としては嬉しい客だが。

「でだ、飯は食いながらで構わねえから聞いてくれ。今回はここにいる全員で死霊王を探し出し、葬るのが目的だ。あー、副団長は事情により今回は別行動となっている」

「副団長怖がりっすからね」

「きっとあれだぜ、怖がっている姿を団長に見られるのが恥ずかしいんだ」

「マジか白。副団長にそんな可愛らしい一面があったなんて意外過ぎるぞ」

団員の囁き合う声で副団長不在の理由が一発で理解できた。つまりラッミスと同じなのか。気が強そうな人ほど怪談苦手だったりするからな。

しかし、冷静沈着で補佐役のフィルミナ副団長がいないと、遠征が心配になってきた。誰が仕切り役をするのだろう。

「ちなみにだ、大食い団に協力を仰いだのは、こういった雰囲気にのまれることがないってのと、索敵能力に長けているからだ」

「良くわかんないけど、人間は暗い所と死人魔とか骨人魔とか死霊魔とか苦手なんだってね。ボクたちにはわからない感覚だよ」

「死人魔は腐った肉の臭いがやだけど。あの臭い食欲がなくなっちゃうから」

ミケネの意見にペルが大きく頷いて顔をしかめている。ホラー要素に対する恐怖の感覚が人間と獣人では異なるようだ。そう考えると大食い団は適しているな。

おまけに耳と鼻の良さ。いざという時の足の速さ。これはかなり貴重な能力と言える。

「今回は探索範囲が広く、辺りは闇だ。夜目が利く点もこっちとしてはありがたい」

タスマニアデビルは確か夜行性だったから……うん、最適な人材かもしれない。

「シュイと赤白は強引に連れてきた」

「横暴っす！　私も怖いの弱いのにっ！」

「俺もどっちかと言えば苦手なのにっ！」

「俺も俺も！」

文句たらたらの団員に向かってケリオイル団長は満面の笑みを向け「お前らに拒否権はねえ」ときっぱりと言い捨てた。

団員たちも負けじと罵声を浴びせ、醜い言い争いへと移行している。見慣れた光景なのでラッミスたちは止めることもせずに、運ばれてきた食事を黙って口に運んでいく。

ミシュエルは状況を理解できていないが口を挟む勇気もないようで、笑顔を無理やり顔に貼り付けたまま硬直している。

暫くしてお互いの語彙も尽きたようで、愚者の奇行団の面々は肩で息をしながら深々と椅子に腰を下ろした。

「でだ、話を戻すぞ。亡者の嘆き階層の敵で多いのは死人魔、骨人魔、炎飛頭魔、死霊魔となる。この魔物についての説明は、ヒュールミ頼んでもいいか」

「おう、任せてくれ。炎飛頭魔は迷路階層で散々戦ったから省くぞ。っと、ミシュエルは説明いるか？」

「いえ、大丈夫です。続けてください」

「そうか。んじゃ、まずは死人魔だ。その名の通り死んだ人間が動いている魔物だな。腐って肉が殆ど削げ落ちている個体もあれば、生身の人間と変わらないのもいる。特徴として動きは鈍いが力が強い。組み付かれたり、咬まれたりしないようにしてくれ」

　つまり、ゾンビだな。ホラー映画だと咬まれたら感染して広まるというのが定番だが、そのことに関しての説明がなかったから、その点は心配しないでいいのだろう。

「骨人魔は動く骨格標本だな。肉が全て削ぎ落ちた死人魔の成れの果てだという研究者もいるが、オレの意見は異なる……って、それはどうでもいいか。動きが速いが力は弱いという特徴があり、あれだ、死人魔と正反対と思って間違いはねえぜ」

　骨って正直弱そうだよな。某映画でも骨の敵って簡単に破壊されていた。ヒュールミの言い方も緊張感がなく雑魚敵のようだな。

「んで、最後は死霊魔だが、半透明の体で直接攻撃が通用しない。って言うと厄介そうだが、弱点は光だ。強烈な光を浴びせると簡単に消滅する。灯りを持っていれば寄り付きもしねえぜ。あとは聖属性の道具や魔法だな」

　そうなのか。なら、俺が狙われることはない。夜は常に光量全開で光を放っておいた方が良さそうだな。

「まあ、ここらが頻繁に現れる魔物だが、それ以外にも強い個体や別の魔物も少数ながら目撃されている。油断はしないでくれ」

「説明ありがとよ。ヒュールミがいると情報収集の手間が省けてありがたいぜ。明日の早朝出発予定にしている。各自準備しておいてくれよ。まずは半日ほど探索して集落に戻る。これを暫く繰り返す。荷物はそんなにいらねえからな」

初めの内は日帰り探索を繰り返すのか、ラッミスの事を考えるとそれが良いと思う。夜は魔物が強化されるようだし、日帰り中に敵の情報が集まるのがベストだけど。

そんなことを考えながらチラリと隣に視線を向けると、俺の体に指をめり込ませて壊れた機械のように何度も頷いているラッミスがいた。

だ、大丈夫かな、明日から。

死人魔

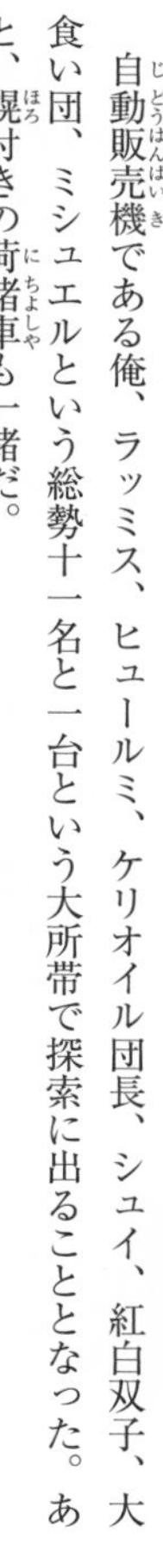

自動販売機である俺、ラッミス、ヒュールミ、ケリオイル団長、シュイ、紅白双子、大食い団、ミシュエルという総勢十一名と一台という大所帯で探索に出ることとなった。あと、幌付きの荷猪車も一緒だ。

これだけいればラッミスが怯えることはないだろうと、楽観的な気持ちで集落の外に出たのだが。

「相変わらず、おどろおどろしい所だぜ」

「急用思い出したから帰るぞ、白」

「そうだな、赤」

「宿屋に荷物忘れてきたっす」

愚者の奇行団の団員が一斉に回れ右をして帰ろうとしたところを、団長に捕まっている。

半分は冗談でやっているのだろうが本気度も結構高いよな。そう思わせるぐらい辺りは雰囲気があった。

雑草一本生えていない荒れ果てた大地の至る所に、墓石が突き刺さっている。それも綺麗な状態ではなく所々が欠けていて、原形を保っているのは今のところ見当たらない。

葉が一枚も存在していない枯れ木が、ぽつりぽつりと存在しているのだが、その枝には先端が輪になった荒縄が括られ風に揺れている。

……風情があるな。ハンターの成れの果てっぽい古びた鎧や武器が転がっているのもホラースポットとしてはポイントが高い。

また、時折雷鳴が響き、稲光の演出も評価したいところだ。

とまあ評論家の様な意見を胸中で呟きながら、探索メンバーに視線を向けたのだが、平然としているのは団長、ヒュールミ、大食い団だけ。

「なんで集落の外にお墓を立てたんだろう」

「そりゃ、ミケネあれだ。なんでだ」

「ミケネもショートもわかってないわね。きっと気まぐれよ」

「そうかな……でもお供え物しても魔物に食べられそうでもったいないよね」

大食い団は、やっぱり人間とは恐怖を覚える感覚が異なるようで、全く怖がっていない。こういう状況では頼もしい限りだ。

「ここはダンジョンで死ぬと勝手に墓が現れるそうだぜ。名前も自動的に刻まれる親切設計らしいぞ」

ヒュールミも動じていないな。無造作に墓石に近づき、砂埃を払って興味津々で名を確認する余裕すらある。

ミシュエルは笑顔を張りつけたまま微動だにしていない。一見、心乱れることなく冷静なのだなと感心しそうになったが、瞳孔が開き一点を見つめたままだ。恐怖のあまり、硬直していないかこれ。

ラッミスは俺を背負った状態で地面だけを見つめて、精神への被害を最小限にとどめているようだ。

「お前ら、動揺しすぎだ。確かにちっとはうすら寒いが、それだけだろ。死体や魔物なんぞより、生身の人間の方がよっぽど怖いっての。雰囲気に呑まれるなよ」

団員たちは表情を引き締め、顔色はお世辞にも良くないが腹は決まったようだ。

ミシュエルはハッとなると一つ咳払いをして、いつもの余裕のある爽やか笑顔を貼り付けている。

少し動揺はしたが、直ぐに元の状態へ戻れた彼らなら問題ないだろう。ラッミスは地面を見つめたままなので戦闘には期待できないが、荷物運び係をするだけなら、たぶんいけるる。いけるよな？

「はぁぁ、まあ、あれだ今日は適当に探索してみるか」

ケリオイル団長が珍しく帽子を脱いで頭をボリボリと掻いている。前途多難な状況に呆れているのだろうけど、気持ちはわからないでもない。
現状で一番頼りになりそうなのが大食い団となったら、嘆きたくもなるだろう。

団長の指示に従い適当に辺りをぶらついているのだが、敵との遭遇率がかなり高めだ。三十分程度うろついただけで、十体以上と戦っている。

と考察している今も敵が現れたか。

地面が盛り上がり、そこから絶賛肉が腐敗中で白い骨が見える腕が生えてくる。

他にも既に白骨と化している腕や頭蓋骨が、そこら中から土を押しのけて現れているのだが、律儀に墓石の近くから出てきているな。

ゾンビ――死人魔と骨人魔のようだが、ラッミスが一呼吸する間に遠距離攻撃で四体が破壊され、残りの四体も全身を地面から抜き出す前に、接近した大食い団の牙と爪で砕かれた。圧倒的ではないか我が軍は。

効率的な倒し方だとは理解しているのだが、敵が若干哀れだな。

怯えていた割には愚者の奇行団の団員は動きにキレがあり、戦闘をそつなくこなしている。ミシュエルも戦いになるとイケメンモードが発動して問題ないようだ。

となると残るはラッミスなのだが、敵が現れても息を呑んで硬直するだけで、悲鳴も上げず逃げもしないので俺的には、かなり進歩していると思う。

その後も順調に敵が倒されていくが、ラッミスは俺を運ぶだけで精一杯のようで戦闘に参加することはなかった。

夕方になる前に集落に戻った一行は宿屋へ早々に引っ込んだ。

俺はいつものように屋外でボーッと星も見えない夜空を眺めている。

ここの魔物たちが俺に危害を与えないと知ってからは、余裕を持って夜は魔物観察と洒落込んでいる。気分的には高価そうな椅子に腰かけてワイングラスを傾け、ホラー映画鑑賞をしている感じだ。

今日も懲りずに魔物たちは集落内を彷徨い、灯りの漏れる窓の中を覗いている。数日観察していて思ったのだが、表情の変化しない顔だというのに、何故か羨ましそうに室内の様子を眺めているように見えてしまう。

普通の魔物と違い、ここの魔物は死んだ人間をベースにしているという噂は眉唾ではないのかもしれないな。

「あ――っ、あ、あ、あああぁ」

考え込んでいると至近距離から声が聞こえたので、ふと視線を正面に向けた。

俺の気づかぬ間にかなり距離を詰めて来ていたようで、顔の肉が削げ片方の眼球が零れ落ちそうになっている腐敗した顔と、至近距離で見つめ合う羽目になっていた。

あ、うん、この距離は結構きつい。おまけに俺の体から溢れ出した光に照らされているので、陰影がくっきりとして迫力が増している。

思わず悲鳴が「こうかをとうにゅうしてください」——出ないな。こういう場面でも定型文しか出ないこの体が恨めしい。

自分の体から発せられた、この場に相応しくない言葉に驚きも恐怖心もすっと引いた。自分で言っておいて冷めるとは。

冷静さを取り戻したついでに、じっくりと観察してみるか。目の前にいるのは死人魔で間違いないだろう。背丈が低いのでおそらく子供。

俺が物珍しいのか「あーあー」言いながら残っている片方の目が俺を見つめている。人をベースとしているというのが本当なら、この死人魔は幼くして命を失った子供が魔物になったということになるのか。

そう考えただけで、この死人魔を恐ろしい存在だとは思えなくなってしまった。俺に危害を与えたいわけじゃなく、子供としての好奇心で俺を見ているのだとしたら、邪険にするのは可哀想か。

「いらっしゃいませ」

「あーあーう、あああぁぁ」

俺が声を掛けると首を傾げている。見た目はあれだが中身は人間だった頃の記憶が残っているのだろうか。そうだとしたら、これから倒すのがきつくなるな。まあ、俺が戦う訳ではないのだが。

って、こら、べたべた触るんじゃありません。指紋どころか腐肉が付いてる付いてる。

ああもう、これあげるから。

飲めるかどうかは不明だが、ツインテお嬢様にも大好評なオレンジジュースを取り出し口に落とした。

ガタンと缶が落ちる音に反応はしたが、それが何かは理解できないのか。じゃあ〈結界〉でオレンジジュースを弾き飛ばしてみるか。

子供死人魔の隣を通り過ぎて地面に転がったジュースに反応して振り返ると、ゆらゆらと体を揺らしながらおぼつかない足取りで、ジュースの元へと向かった。

ゾンビ映画にありがちな音に過剰反応するタイプのようだな。

オレンジジュースの缶を両手で摑むと持ち上げ、蓋をどうするのかと思って見守っていたのだが齧り付いた。アルミ缶を簡単に貫通した歯の隙間から橙色の液体が溢れ、子供死人魔の体を濡らす。

そのまま、アルミ缶ごと咀嚼を続けると満足したようで、闇の中へと消えて行った。

思いもしない遭遇だったが、彼とはもう二度と会うこともないだろう。妙な一夜だったが、不思議と嫌な気持ちはしなかった。

二日目の探索を終え、またも宿屋の外で黄昏ている。

ラッミスは相変わらず戦闘には参加していないが、ちゃんと前を向いて戦闘を眺めるぐらいはできるようになってきた。うん、この調子で頑張っていこう。

「あーぅあああぁ」

また死人魔や死霊魔が湧いてきたか。今日も今日とて深夜徘徊をする為だけにやってきたようだ。

そんな魔物たちを眺めていると、一直線に俺を目掛け歩み寄る個体があった。あの小さな死人魔はもしかして昨日と同じやつか？

腐った顔と抜け落ちた髪形が似ているが確証はない。何かわかりやすい特徴でもあればいいのだが、腐りかけの顔を判別するのは難しいな。同じ死人魔ならオレンジジュースを出せばわかるか。

昨日と同じくオレンジジュースを結界の外に弾くと、それを拾い、また缶ごと齧って満足そうに去っていった。あれ、もしかして懐かれているのか。いや、まさかな。

三日目の夜。また来たぞ……子供死人魔。

子供らしく味を占めたのだろうか。魔物になっていても子供としての習慣や本能の残留が、その腐敗した体に僅かながらこびり付いているのかもしれない。

こんなことに意味はないのかもしれないが、俺はこの子に今日もオレンジジュースを与えた。自分でも何がしたいのかわからないのだが、この子との交流が深夜の楽しみになりつつある。
四、五、六日目が過ぎた。探索は順調で今日は初めて集落外で夜を過ごすこととなった。といっても、集落から徒歩十分程度しか離れていないので、いざとなったら逃げ込むことになっている。
あれから毎晩現れていた子供死人魔には悪いことしたな。今日はオレンジジュースを渡せない。まあ、明日には帰るから一日だけ我慢してもらおう。

「ハッコン、今日は傍で寝させてね」

皆は火を囲んで輪になっているのだが、俺は直火を避けて少しだけ離れた場所に置かれている。その俺の前に毛布に包まったラッミスが背を預けて座り込んでいる。

今日一日、怖いのを我慢して頑張っていたからね。一緒に寝ることぐらい喜んで受け入れるよ。俺が守るから安心して。

「いらっしゃいませ」

「ありがとうね、ハッコン」

極度の緊張で精神が摩耗していたのだろう。ラッミスはあっという間に眠りに誘われた。

お疲れさま、ラッミス。また明日も一緒に頑張ろうな。

熟睡するラッミスを危険から守り抜く為にも、周囲の警戒は怠らないでおこう。今日の夜の見張りは大食い団からミケネとショートの比較的しっかり者コンビ。それに紅白双子というラインナップだ。

彼らなら敵の察知も対応もばっちりなので、安心して任せていられるのだが、この異世界は何が起こるかわからない。警戒する人数が多くて損はないだろう。

今日はこんな場所で料理する気にもならなかったようで、全員が商品を購入してくれたので悪くない収入だった。

深夜に差し掛かり、見張り担当も少し気が緩み出した頃、俺は微かな音を捉えていた。

「あ……あぁあっ……」

死人魔か。一体だけだが、こちらに向かって来ているようで徐々に声が大きくなってくる。

「赤、皆起こすか？」

「一体だけなら大丈夫だろう、白」

大食い団の二人はそのまま警戒を続け、俺の方向から流れてくる音には紅白双子が対応するようだ。

二人が俺の横に並んだので、敵が良く見えるように光量を増した。

闇に浮かび上がったのは小さな死人魔……って、この個体は！

「子供か。可哀想だが成仏してくれよ！」

「ざんねん」

飛び出した赤を止める為に最大音量で叫ぶが、彼は振り返ることなく槍を子供死人魔の腹に突き刺した。

「なんだ、ハッコン。急に大声を出して、どうしたんだよ」

赤は意味も解らず戸惑った顔でこっちを見ているが、そんなことはどうでもいい。今の子供死人魔は、まさか、あの深夜に来ていた個体……なのか。

「なんだ、穂先に何か引っかかってんぞ。え、これって、ハッコンの飲み物の容器だよな。こいつ、どこで手に入れたんだ」

彼の槍が貫いたのは間違いなく、オレンジジュースの缶の破片だった。

赤に怒るのはお門違いなのはわかっている。彼にとって子供死人魔はただの魔物だ。素早く処理して称賛されることはあっても、非難されることはないのだ。

わかっている、わかっているが……こちらに向かって手を伸ばした状態で倒れ伏す、この子を見ていると配線がショートしそうになる。

きっとこの子は俺を見つけ、いつものようにジュースを貰いに来たのだろう。だけど、それはただの憶測で、本当は人間を襲いに来たのかもしれない。

そうだ、今日だっていつも買いにくる時間より遅い。この子は魔物なのだ、人を襲うのは本能であって——。

「赤、その個体、手に何か持ってないか」

白の言葉に釣られて視線を飛ばすと、俺に向かって伸ばされた子供死人魔の手には——硬貨が握られていた。

「まさか、買い物しようとしていたのか。いや、ありえないよな、まさかな……」

「その死人魔かはわからないけど、遠くからこっちをじっと見ている個体はいたよ。ちょっかい出してこないから無視していたけど」

話に割り込んできたのはミケネだった。夜行性で夜目が利く彼らの言うことなら間違いはないだろう。

つまり、この子は仲間が硬貨で商品を購入していたのを真似て、俺に硬貨を入れようとしていたのか……。

馬鹿だな、子供がそんなこと気にしないでいいのに。それに、手にしているのは銅貨一枚じゃないか、それじゃ足りないぞ。

興味を失った二人が立ち去った後も俺は、その子から目が逸らせずにいた。

体を〈コイン式掃除機〉に変化させ、苦戦しながらも彼の銅貨を吸い取ると、いつもの自動販売機になり商品にオレンジジュースを追加した。

これ好きだったよな。いつものやつでいいかい。

銅貨一枚で購入できる金額に変更してオレンジジュースを落とし、彼の元へと飛ばす。

俺はあの子に対して最初で最後となる、感謝の言葉を手向けた。

「ありがとうございました」

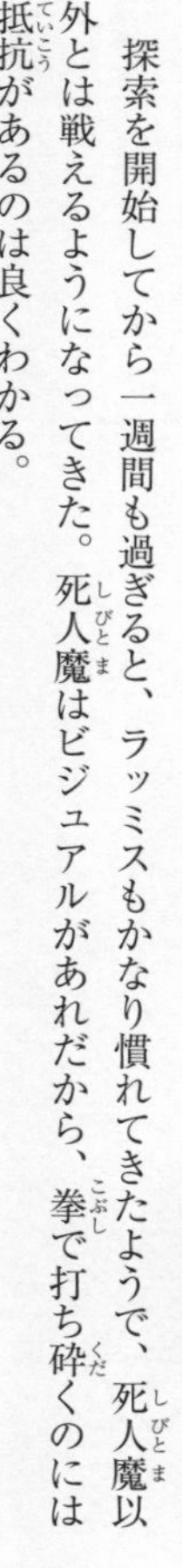

今後の方針

　探索を開始してから一週間も過ぎると、ラッミスもかなり慣れてきたようで、死人魔以外とは戦えるようになってきた。死人魔はビジュアルがあれだから、拳で打ち砕くのには抵抗があるのは良くわかる。

　俺としても前の一件により死人魔には思い入れがあるので、至近距離で粉砕される姿を見なくて済んでいるので助かっているのだが。

「団長、死霊王を見つけたとして、対抗策は考えてあるんだよな」

　戦いとなると出番がないので最近はずっと荷台の中でごそごそしているヒュールミが、ひょこっと顔を出して団長に問いかけている。

「ん、あー、まあな。物知りのお前さんに訊くのもなんだが、死霊王がどんな魔物か知っているか？」

　荷猪車と並んでのんびり歩いていた団長が首だけ巡らし、質問を質問で返した。

「あれだろ、特大サイズの骸骨で金かかってそうなローブを着込んだ、偉そうな格好をした奴だろ。確か、元偉大な魔法使いの成れの果てとか言われているそうだな」

「おう、間違ってねえぜ。多くの属性魔法を操り、魔力も膨大らしいから魔法の連発も可能。まあ、その代わりと言っちゃあなんだが体が脆いらしい」

完全に魔法特化タイプなんだな。でかいのを一発当てたら勝ちみたいだが、どうやって魔法を掻い潜って接近できるかが勝負か。

相手を倒す破壊力ならラッミスかミシュエルが適任だろう。

「で、その魔法をどうすんだ。ここの面子には盾も壁もいねえだろ。まあいたとしても魔法は物理的なもんじゃねえから、役に立たねえぞ」

ヒュールミの口にした盾と壁というのは文字通りの意味ではなく、ハンターの担当する役割らしい。つまり、チーム内で相手の攻撃を集め耐えることにより、仲間も守ることに特化した者のことだ。

「まあな。うちのメンバーに適した奴がいるんだが、今いない奴をどうこう言ってもしゃーねえ。でもよ、ここにはどんな攻撃も防ぐことが可能な頼れる奴がいるだろ？」

そう言ってウインクをして茶目っ気のある表情で、こっちに視線を飛ばしてくる無精ひげのオッサンがいる。

あー、そういうことか。執拗に俺を探索に連れて行きたがっていた理由が判明したよ。

「え、それってハッコンのこと？」

「正解だラッミス。ハッコンの結界は魔法すら防ぐ万能の盾だからな。お前さんが一気に距離を詰めて倒してくれても、敵の注意を引きつけてくれるだけでも構わねえ」

「それは危険……でもねえか。ハッコンは階層主の攻撃にも耐えている実績がある。ミシュエルを狙っていた奴の魔法も防いだって話だ……可能なのか……」

ヒュールミが額を指でリズムよく叩きながら考えを巡らしているようだ。

ポイントには余裕があるから相手の攻撃を防ぎ切る自信はある。攻撃の威力で吹き飛ばされる心配はラッミスが背負うことにより、踏ん張りがきくのでそれも対応は可能。

あれ、これって案外、名案じゃないか。

「ハッコンどうだ。お前さんが無理と思うなら策を練り直すが、可能か？」

可能か不可能かで答えるなら可能だろう。ラッミスを危険に晒すことになるが、そこは俺が守れば済む話だ。ハンターなんて危険な職を選んだのだから、危ないからといって避けていては一生前に進めないよな。

「いらっしゃいませ」

「おっ、流石だぜハッコン。男だねぇ」

「ハッコンがいいなら、うちも構わないよ」

ラッミスは俺を信頼しきってくれている。ならその期待に応えるのが男ってもんだ。自動販売機になったとはいえ、心意気を忘れてはいけない。

「死霊王は王を名乗るだけあって、何体もの魔物を従えて現れるそうだ。雑魚の対応は俺たちに任せてくれ」

愚者の奇行団の実力は疑う余地すらない。ミシュエルもそうだ。大食い団は死人魔とは戦い辛そうだが身軽なので捕まることもなく、骨系には強いようなので問題はない。

聞いている分にはやれそうな気がしてくるな。

「だが、こんなもん机上の空論だ。基本は臨機応変。やばくなったら、一目散に逃走するぜ。俺の指示を聞き逃すなよ」

死んでも戦い抜けではなく、逃走を良しとするスタイル嫌いじゃない。なんだかんだ言っても愚者の奇行団は仲間の命を重視している。だから、文句を言われながらも団員に好かれているのだろう。

「もう一つ質問していいか」

「何でも聞いてくれて構わねえぜ、ヒュールミ」

「この策は悪くねえと思うが、今までの奴らはどうやって死霊王を倒したんだ？」

あ、そうか。俺の〈結界〉を前提として考えられた作戦だが、今までに討伐した他のハンターグループがどうやったのか興味あるな。

しかし、こうやって作戦を練りだすと他の面子は蚊帳の外というか、聞き役に徹しているな。いつもなら副団長も加わるのだが、今はヒュールミの独壇場だ。

「他の奴らか、俺の知りうる限りだが……数の暴力で犠牲をいとわずごり押し。もしくは、魔法に対して万全の対策をして挑んだって話だな。後者は俺たちの策と似ているな」

前者は最低な選択をしたもんだ。相手の実力がわからないなら、数で挑むというのは間違いとは言い切れないが、どれだけの犠牲を払ったのだろうか。

「細かい相手の特徴や攻撃手段は資料としてまとめてあるから、目を通しておいてくれよ。ラッミスはハッコンにも教えてやってくれ」

「うん、わかった。ハッコン、後で一緒に勉強しようね」

「いらっしゃいませ」

文字が読めないからお願いするよラッミス。そろそろ、異世界の文字を勉強したいのだが、教えてもらう方法すら思いつかない。

この世界の識字率は低くないようで、少なくとも清流の湖に住む人たちが、文字を読めないで困っている姿を見たことがない。何となくアルファベットを崩した感じのような字なのだが、ちゃんとした参考資料があるか教えてくれる人がいないと、自力で覚えるのは難しい。

「ってこった。各自ちゃんとお勉強しておけよー」

「はーい」

団員と大食い団が手を挙げている。相変わらず、和む光景だ。

俺も後でしっかり覚えておこう。敵の情報を得ることが出来れば、自分の機能から対応策が思いつくかもしれない。


「ってことだ、わかったか」

「はい、ヒュールミ先生」

　何故か眼鏡を掛けて指し棒を手にしたヒュールミが、資料を手にした全員に詳しく説明をしている。口調はきついところもあるが基本、面倒見がいいので好評のようだ。

　情報を頭で整理しておくか。

　死霊王が出現すると周りに数体の魔物が現れる。その数はランダムで五十近く湧いて出てきた事もあったそうだ。三十を超えている場合は即座に撤退するのも忘れずにいよう。

　死霊王は魔法攻撃がメインで、火、水、風、土の四元素を自在に操り、闇の魔法にも長けている。光属性の魔法が苦手らしく、明るい場所も好まない。光量を最大で放てば怯んだりする可能性もあるかもしれない。

　物理攻撃に弱く、魔法に強い。魔法の効き目が悪いらしいので、直接攻撃メインで対応するそうだ。

　あと、ラッミスと俺は雑魚に構わず死霊王だけを狙うこと。魔法を引き受け〈結界〉で弾き、間合いを詰めて一気に葬れば理想的だが、それができない場合は敵の攻撃を引きつ

けるだけでいい。そう聞くと簡単そうに思えるが、俺と違いラッミスは生身だ。防御を任されたからには全力で守り抜く。

一応、各自には治癒薬も渡されていて、少々の怪我ならぶっかけるだけで治るそうだ。ここら辺はファンタジーらしくて助かる。

これで死霊王を見つけ出し戦うことになったら、階層主と三度も戦うことになるのか。ハンターとしての実績を上げている自動販売機ってどうなんだ。

異世界転移の物語としては理想的な展開かもしれないが、自動販売機なのが……。いや、ここは発想の転換だ。自動販売機なのに異世界を満喫できている幸せを噛みしめるべきか。それもただのお荷物じゃなく役に立っている。そこは誇ってもいいところだよな。

「責任重大だけど頑張ろうね！」

「いらっしゃいませ」

もちろんだ、ラッミス。前の階層主は美味しいところを掻っ攫っていく展開になったが、今回は一緒に階層主討伐と洒落込もう。ラッミスはもっと評価されてもいい実力の持ち主だと思っている。

俺としてはラッミスとのコンビとして有名になるのが理想なのだから。

この階層の雰囲気にも慣れてきて恐怖心も薄れている今なら、ラッミスの活躍も期待できる。慢心には気を付けないといけないが、俺たちが活躍すればするほど、戦闘に参加する仲間の危険度が下がる。それは俺もラッミスも望むところだ。

「ラッミス、気負いすぎるなよ。もし、万が一、戦いでオレたちの誰かが死ぬようなことがあっても、それは誰のせいでもねえ。みんな納得して、この場にいるのを忘れるな」

そう言ってヒュールミがラッミスの頭に手を置いた。彼女は戦闘力が皆無だが、情報提供や心の支えとして必要不可欠な存在だ。

その言葉に他の面子も大きく頷いている。誰も死にたいとは思ってもいないし、死ぬ気もないだろう。だが、覚悟だけはしているということか。

誰も死んで欲しくないよな、やっぱり。悪人にも人権があり、どんな理由があれど人殺しは駄目だ。なんていう気はさらさらない。全く見知らぬ場所で知りもしない他人が死んで心を痛めることもない。

だけど、俺を一度でも利用してくれたことがある人たちには死んで欲しくない。危険が隣り合わせのハンター稼業をしている人たち相手に、無茶な望みだというのは理解している。

それでも、ここにいる人たちは誰一人として欠けることなく集落に戻り、また商品を購入して欲しいと心から願うよ。

「まあ、それもこれも、まずは死霊王を見つけてからだ。んじゃ、景気づけにしゅわしゅわするの飲むか」

「うちも大食い大会で飲んでから、はまっちゃって」

ヒュールミの言葉をきっかけにコーラが売れていき、全員にコーラが行き渡った。

「んじゃ、皆で乾杯でもすっか」

「賛成！　蓋を開けて……かんぱ――い！」

「乾杯！」

円陣を組むように集まった仲間たちがペットボトルのコーラを合わせ、同時に微笑むとその中身を口にしていく。

なんか、某コーラのＣＭを見ているかのような光景だ。この探索が終わったら、また全員で集まって、コーラで乾杯をするのも悪くないな。

決戦

「団長。赤から、この先で死霊王らしき魔物を発見したって報告が来たよ」

紅白双子の遠距離で意思の疎通ができる加護のおかげで、偵察に出ていた赤と大食い団二人から連絡を得ることができた。

「見つけたか。赤たちには一定の距離を保って見張りを続けさせておけ。俺たちも急ぐぞ」

本番か。何度も脳内でシミュレーションをしてきたから何とかなるとは思うが、いざとなったら守りに徹しよう。

非戦闘員であるヒュールミをどうするかなのだが、荷猪車と一緒に現場に向かっている。幌付きの荷台の幌を取り外してそこに射手であるシュイも乗り、遠距離攻撃を仕掛ける手筈になっている。

護衛に大食い団のスコとペルもいるので、大丈夫だろうという判断だ。どっちにしろ、置いていけないし集落にも戻る訳にもいかない。

「大体、十分ぐらいで着くからな。腹くくっておけよ」

御者席に乗り手綱を操るケリオイル団長の言葉に全員が頷いている。

結構な速度が出ている荷猪車には愚者の奇行団全員とヒュールミが乗り、大食い団とラッミスは並走している。

いい加減慣れそうなものなのだが、俺を背負って無理なくこの速度が出る脚力には驚かされるよ。何もない状態で力を自在に操れるようになったら、ラッミスは誰にも負けない強さを手に入れられそうなのだが、未だに制御が難しいそうだ。何度も練習して体に覚えさせるしかない。

「っと、いたか」

前方の岩陰に赤と大食い団ミケネ、ショートがいる。手を振る彼らに速度を落として近づき、岩陰に全員が一先ず隠れることとなった。

「状況は？」

「この先に死霊王とその配下と思われる魔物の一団がいるよ。死人魔が五、死霊魔が五、骨人魔が八、炎飛頭魔が四だね」

簡潔な質問に的確な答えが返ってくる。取り巻きの数は二十二。事前の作戦では許容範囲だが、少し多いよな。

「やれないことはないが……初手である程度数を減らしたいところだな」

「副団長がいないっすからね。弓だと接近するまでに数体はやれるけど」

一気に倒す方法か。魔法が無いので遠距離攻撃は弓と団長の投げナイフぐらいか。大食い団はあの手なので飛び道具を操るのは無理だし、ラッミスは命中率が低すぎる。〈高圧洗浄機〉で水を出せば炎飛頭魔の火は消せるが、他の魔物には効果が無い。魔物たちは死霊王を取り囲むように配置されていると、赤が説明しているので、むしろあの炎を利用するべきか。となると〈灯油計量器〉になって灯油をばらまき一帯を火の海にするというのはどうだろうか。

お、これは意外と良い案かもしれない。念の為に引火点の低いガソリンや軽油にした方がいいだろうか。〈ガソリン計量機〉もちゃんと機能の欄にあるしな。

「雑魚を一掃できると後が楽なんだが……おっ、ハッコン何か策を思いついたのか」

姿の変わった俺を見てケリオイル団長の目が見開かれる。期待してもらえるのは悪くない気分だが、問題はこの使い方を即座に理解してもらえるかどうか。

一見、ただの自動販売機にも見える四角いボディーに赤、黄色、緑のノズルが突き刺っている。日本人の成人なら理解しているとは思うが、赤はレギュラーガソリン、黄色はハイオク、緑は軽油を出すノズルとなっている。

ラッミスも何か考えがあるのだろうと、形状の変化した俺を地面に下ろして、じっと見つめているな。さて、問題はここからだ。彼らにどうやって理解してもらおう。

「これは水を飛ばす装置に似ているな、これ抜いても構わねえか？」

「いらっしゃいませ」

ヒュールミは一目見ただけで、そこを見抜き軽油のノズルを引き抜き、手に取って眺めている。これで理解してくれるとありがたいけど。

「やっぱ、水出すのと仕組みが似ているな。これを引くと先端から何か出るって感じか」

「いらっしゃいませ」

先に高圧洗浄機の知識があって助かるよ。

「ちょっと、引いていいか？」

もちろん、望むところだ。

「いらっしゃいませ」

ヒュールミが先端を誰もいない方向へ向けてからレバーを引いた。ノズルの先から透明の液体が勢いよく噴出する。本来は先をタンクに入れなければ出ないように、安全装置が付いているのだが、それは解除させてもらった。

「うわっ、くっさいよこれ！」

大食い団の面々が鼻を押さえて、しかめ面をしている。

ヒュールミはレバーを戻し、ノズルを元の位置に差し込むと屈みこみ、地面に零れた軽油を調べ始めた。

「ハッコン、これ触っても大丈夫か。毒とかじゃねえよな」

「いらっしゃいませ」

ちょっと触るぐらいなら問題ないよな。手が臭くなるぐらいだ。

「臭いは、こりゃきついな。感触はぬるぬるして油っぽい。紙に浸してみるか」

ヒュールミは軽油で濡れた紙を持って少し離れると、懐から出した手のひらサイズの円柱状の物体——着火用の魔道具を取り出した。

この世界で百円ライターを提供すれば売れるのではないかと、一時期考えたのだが、普通にライター代わりの魔道具が出回っていることを知り、あっさりと諦めた過去がある。

魔道具の先端に火が灯り、それを紙に近づける。

「うおっ！　油っぽいとは思ったが、スゲエ燃えるな」

ヒュールミは素早く手を離して地面で燃え続ける紙を観察している。紙の炎に下から照らされたヒュールミの笑顔が若干怖い。

「あれか、ハッコンはこの良く燃える油を奴らにぶっかけろと言いたいんだな」

「いらっしゃいませ」

正解だよ、ヒュールミ。

「じゃあ、私が敵に突っ込みながら油撒いたらいいんだね」

「そうなんだが……いや、待てよ。この油もっと使い道があるな。ハッコン、水入っている容器を利用しても構わねえか？」

何か思いつき口元に笑みを浮かべたヒュールミを見て、俺も理解した。もちろんだとも、好きにやってくれ。

「いらっしゃいませ」

死霊王に動きが無いうちに作業を終わらせ、戦闘準備が整った。

「それじゃあ、作戦通りにやるぞ。役割分担を忘れるなよ……行くぞ！」

全員が岩陰から飛び出し、ラッミスと俺は仲間から少し遅れて、死霊王に向かい正面から突っ込んでいく。

距離はまだあるが、相手がこちらの動きに気づいたようで、まずは取り巻きを俺たちにぶつけるように指示を出している。

死霊王から魔物たちが離れ、ひと塊になってこっちに向かってきたところで、仲間が一斉に手にしたペットボトルを投げつけた。ラッミスだけは軽油のノズルを引き抜いて、相手に向けているが。

放物線を描いて相手の上空にペットボトルが達したところで、俺はペットボトルだけを消して満タンにしておいた中身――軽油を魔物の頭上から浴びせる。

炎飛頭魔の炎が軽油に引火、辺りが火の海と化した。更にノズルから噴出した軽油が撒かれたことにより、炎は激しさを増す。

突如現れた炎の一帯を避けるように左右に分かれて仲間が回り込んでいる。だが、俺たちは炎の中に平然と突っ込んでいく。

〈結界〉で炎も熱も二酸化炭素も侵入を許さず、炎の中を一気に走り抜ける。

視界は炎で閉ざされているが、それは敵も同じ。タイミングをずらしたことにより、今頃は先に挟み込む形で、死霊王の視界に仲間が飛び込んでいる筈だ。

相手が敵を認識して注意が逸れているところで、炎を突っ切って俺たちが飛び出す。

ビンゴだ！　敵の正面、距離十メートル程度。金色の刺繍が至る所に施された漆黒のローブを着込んだ骸骨がそこにいた。

相手は魔法を放つ直前だったようだが、俺たちを見ると標的を変更して、骸骨の腕が重なり合って形成された杖をこちらに向ける。

魔法が来る！　〈結界〉の準備は万端。どんな魔法でも確実に防いでみせる。

杖の先端は骸骨の閉じられた拳が寄り添っていたのだが、その全ての手が開き、そこから閃光が伸びてきた。

稲妻かっ。電気系は自動販売機にとって最悪の相性。〈結界〉で静電気の一つも通さず、全てを弾き飛ばした。その瞬間、眼球のない死霊王の瞳に宿る赤い光が揺れた気がした。

動揺しているのか。

「我が魔法を防ぐだとっ！　その青白き光はもしや……結界かっ、小癪な」

お、骸骨が喋った。中々威厳のある良い声をしている。声帯ないのにどうしているのだろうとか、突っ込むのは野暮な話か。俺だって自動販売機なのに意思があるしな。

俺の〈結界〉を一目で見抜くとは、生前は優秀な魔法使いだったというのは本当なのかもしれない。だったら、相手に実力を発揮される前に速攻で潰さないとな。

こちらに意識を奪われている間にシュイ、ケリオイル団長からの矢と投げナイフが死霊王に放たれる。

「無駄なことを」

死霊王が軽く杖を振ると、両脇から骸骨で埋め尽くされた骨の壁が出現した。更に、もう一度杖を振ると、骸骨の壁が崩れたのだが、骸骨たちは破壊されることなく地面に降り立ち、仲間に向かって襲い掛かっている。

壁一枚につき骸骨が三十はいる。合計六十近い骸骨が相手となると、助力は期待できそうにないな。

「そこの娘よ、背にあるその箱……何かあるな」

「さあ、よくわかんない！」

問いかけられた言葉に対し適当に返事をして、ラッミスが突っ込んでいく。

ここからは一対一プラス一台だ。こうやってボス級の相手に二人きりで挑むのは初めてだよな。気合入れて行くぞ！

「氷の礫よ、穿て」

死霊王が呪文っぽい言葉を呟くと、先端の尖った氷が視界を埋め尽くす。数は十までは数えたが残りは放棄した。

「突っ込むよ！」

「いらっしゃいませ」

安心してくれ、そんなもの全部、防いでみせるから。

〈結界〉の青い壁に氷が着弾していくが今のところ貫かれていないな。

《ポイントが1減少　ポイントが1減少　ポイントが1減少――》

毎秒のポイント減少と氷の礫が命中する度に減るポイント。それを知らせる文字が頭の中で滝のように流れている。

だが、まだ多くのポイントが残っている俺にしてみれば、この程度の減少なら何の問題もない。余裕余裕。

「ふむ、面倒な加護だ。それはそこの娘……いや、後ろの魔道具に宿りし魂のなせる業か。ならば火は……貫いてきおったか。それでは、吹き荒れろ唸る風」

氷の雨の後は暴風か。もう数歩も進めば相手に届きそうだったのに。

正面から吹きつける風に〈結界〉外の地面が抉れ墓石と共に後方へとすっ飛んでいる。

これって風は防いでいるが〈結界〉で表面積が増えた分、風の影響をもろに受ける羽目になっているぞ。

「ふはははは。不可侵な結界であろうと対応策など幾らでもあるのだよ。結界ごと吹き飛ぶが……んっ？」

勝ち誇っていた死霊王が大口を開けて、こちらを凝視しているな。

大地が削られる程の強風の中、ラッミスは前へ前へと進んでいる。風圧は確かに凄いのだが、ラッミスは大地に足をめり込ませながら前のめりになって歩き続けていく。

「何故、吹き飛ばされん。どうなっている、魔法で強風に干渉しているのか」

いいえ、ただの怪力です。物理的に抗っています。

「風にも雹にも負けず、特攻、粉砕、粉砕」

正に力押しで突き進むラッミスが物騒なことを呟いている。

「氷も風も火も、さほど影響を与えぬとなると……これか。大地よ慟哭を叫べ」

呪文ってあの台詞必要なのだろうか。カッコいいとは思うが、聞く度に俺の心がざわつく。そう、中学二年生の頃に男子なら誰もが患う、あの病気が再発しそうになる。と馬鹿なことを考えている場合じゃない。足元から伝わる振動と共に地面に亀裂が入っていく。そして、轟音と共に大地が二つに裂け、深淵が大きく口を開けた。

「ちょ、ちょっとっ！」

そのまま真っ逆さまに落ちていくラッミスを放っておくわけにはいかない。フォルムチェンジで〈ダンボール自動販売機〉に変化した。これで、数百キロの重荷がなくなりラッミスの負担が減るはずだ。

「な、なんのおおおぅぅ」

ラッミスは深淵の側面を蹴りつけ、斜め上へと飛翔すると、更に反対側に位置する深淵の側面を蹴りつける。それを繰り返す様は壁を蹴って駆け上る忍者アクションゲームのようだ。

「中々、歯ごたえのある人間ではあった。咢よ閉じろ」

割れた大地が徐々に閉じていくが、完全に閉まりきる前にラッミスが最後の一蹴りで天高く跳躍した。

「なんとっ！」

深淵から舞い上がったラッミスを見て驚愕している。今、相手の頭上十メートルぐらいか。また一気に跳んだな。真下には死霊王がいるってことは絶好のポジションだ。

「ええと、取りあえずキ――ック！」

跳躍の頂点に達したところで急下降を始め、ラッミスが蹴りの格好で落ちていく。といっても、ラッミスの体重では威力が知れている。どれだけ怪力があろうと、身体を踏張れなければ威力は激減する。

今の攻撃力を加算させるためには体重を増やせばいい。単純なことだ。となると――。

「そんな蹴り何ぞ喰らう訳がなかろう！　迎え撃ってくれるわ。集え集え集え、深淵より来たれし魔窟の邪――」

って、させるか。以前も化けた巨大な全長三メートル以上ある自動販売機に変化する。

落下速度が微量だが増したことでタイミングをずらし、尚且つ、空中で姿を変えた俺に戸惑い、詠唱が中断した死霊王の顔面を捉えた。

「ぐごっ」

足裏がめり込み背負われている俺にまで、何かを砕いた手応えが伝わってくる。

「わっわっ、とおおぅ！」

踏みつけている死霊王の顔から飛び降りたラッミスが、着地した際に体が揺れたが何とか体勢を立て直し、握りしめた拳を相手の身体の中心に叩き込んだ。

可愛い掛け声とは裏腹に、打撃音を超えた爆発音が響き、見事なまでにくの字に折れ曲がった死霊王が高速で飛んでいく。あ、残像が見える。

地面と平行で飛んでいた死霊王の体が上下に分断され、上半身は空へときりもみ回転しながら舞い上がり小さくなっていき視界から消えた。下半身は地面に激突すると砂煙を上げながら転がり続けていたが、足を天に向けた状態でピタリと止まった。

打撃に弱い体質だとはいえラッミスが本気で殴るとこうなるのか。やっぱり、強いよなラッミスは。この破壊力を自在に操ることが出来たら、彼女はもっともっと強くなれる。

「おいおい、お前さんたちだけで終わらせちまったのかよ」

他のメンバーも骸骨を倒し終えたようで、全員が集まってきた。いつもの自動販売機に戻っておこう。

ミケネは遠くまで飛ばされた死霊王の辛うじて残っている頭蓋骨を摑んで持ってきてくれている。ショートは逆さになっていた下半身を引きずってきた。

半分以上が消滅しているが、ここに消滅寸前の死霊王の断片が集まっている。

「こいつ、まだ辛うじて生きていやがるな」

頭蓋骨に足を添えてケリオイル団長が見下ろしているが、あれは妙な動きをしたら即座に砕くという意思表示なのだろう。

「偉大なる……我を……足蹴に……すると……は……万死に……」

「死にかけている癖に偉そうな。さっさと砕いてコインになってもらうとするか」

「コイン……ふははは……きさまら……もしや、我をただの……階層ぬ」

「全員、離れろっ！」

表情を豹変させ団長が唐突に叫び、近くにいた団員たちを蹴り飛ばして飛び退く。

大食い団も「ヴァアアアアッ！」と久しぶりの叫び声を響かせながら逃げ惑っている。

何かよくわからんが〈結界〉発動！

青い光がラッミスごと包み込んだ瞬間、視界が黒に染まった。

《ポイントが５００減少》

な、なんだ!? 周囲が黒一色だぞ！

ポイントが減っているということは攻撃を受けているのかっ！ どういうことだ、最後の力を振り絞って死霊王が自爆したのかっ？

「ハッコン、どういうこと！ ど、どうなっているのっ！」

ラッミス、それは俺が知りたいよ。彼女の取り乱している声を聞いて、少し冷静さを取り戻せた。焦っても何も生まれない、冷静に状況を判断しろ。

《ポイントが５００減少》

まだ減少が止まらない。この黒いのは相手の魔法か何かなのか？〈結界〉の感じだと上から降ってきているようだが。

暫く耐え続けていると黒の奔流が消え去り、ようやく視界に光が見えてきた。降り注ぐ黒い闇が途切れたようだ。ポイントの減少も止まった。

「うそっ……み、みんな」

闇の消えたそこには巨大なクレーターが出来上がっていた。俺たちのいる場所はクレーターの中心部で、俺たちの足下にだけ地面が残り、常識では考えられないような不可思議な地形を作り出している。

仲間は……クレーターの外側で散り散りになって倒れ伏している。死んではない――と思いたい。

おそらく気を失っているのか、大半がピクリとも動かないが、団長とミシュエルは何とか立ち上がろうともがいている。少なくとも二人は生存している、それは間違いないようだ。

「ほおぅ、我の闇魔法に耐えきった輩がおるとは」

上空から降ってきた声に視線を向けると、そこには死霊王を二回りほど大きくした骸骨が宙に浮かんでいた。

銀色の骸骨がフード付きのローブを身に纏っているのだが、そのローブの刺繍は死霊王のものより緻密で、骸骨が着ているというのに高貴さを漂わせている。

腕が四本もあり背後から、ちらちら見えるのは骨で出来た尻尾か。

「無能な弟子め。光に縋りし亡者の腕、返してもらうぞ」

宙に浮かぶ骸骨が手の平を下に向けると、クレーターの地面が盛り上がり、埋もれていた死霊王の杖が浮かび奴の手元に納まった。

「優秀な魔道具は優秀な者の手に……そうは思わないかね。異世界からの来訪者よ」

この銀ぴか骸骨は俺の正体を見抜いているのか。あの闇が佇む双眸に見つめられると、自動販売機の中まで見透かされているような寒気がする。

何者かはわからないが、俺たちの倒した死霊王の上位であることは確かだ。

「な、何者なの、あんたは！」

「ふむ、我が名など忘れてしまったが、冥府の王と呼ばれることが多いか。お前たちが死霊王と呼ぶ、クズの支配者でもあるようだ」

やっぱり、あれの上位互換か。この状況、一手でも間違えると取り返しのつかないことになる。仲間で生死不明なのは大食い団、紅白双子。辛うじて意識を保っているのが、ケリオイル団長とミシュエル。どうすれば、助かる。助けられる。

ラッミスだけを救うなら、俺がここで〈結界〉で耐えきればいい。ポイントはまだ余裕がある。さっき倒した死霊王のポイントも結構俺に流れ込んでいるので、防ぎ切る自信はある。

　だが、他の面々を救えない。彼らを切り捨てていいのであれば……。

「これが階層主のコインというものか。面白みのない素材だ」

　指をくいっとしただけで、コインが冥府の王の前に浮かぶが興味を失ったようで、重力に従い落下すると地面に転がっている。

「な、なんで、こんなことをしたの！」

「何故だと。我が狩りをして何が悪い。お主らも自分の欲望を満たす為に、死霊王を襲ったのであろう？　不意打ちもハンター共の得意分野の筈だが」

「そ、それはそうだけど」

「人の世界ではこのような言葉があるのではないか。自分がされて嫌なことは人にしないだったか。子供でも知っていることだ」

「で、でも、それは」

「それは何だ。それとこれとは話が別とでも言うのか。何が違うか噛み砕いて教えてもらいたいものだ。なあ、人間」

　こいつ、ラッミスをからかって遊んでいるな。絶対的強者が弱者に対して見せる余裕。普通なら敵に一矢報いるチャンスなのだが、勝てる未来が全く見えない。

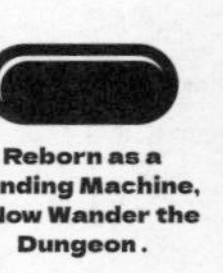

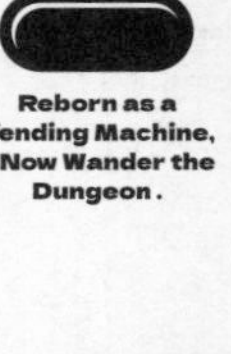

自分の機能だけで現状を打破する方法はないのか。

敵は空中から地面に降り立っているが、何が通用する？

自ら作り上げたクレーターに誘い込み、事前に流し込んでいたドライアイスで窒息させる……これは、意味がないか。骸骨が呼吸をしているとは思えない。それに、今のように宙に逃げられたら、それで終わりだ。

食品系は無意味。氷や水も効果は期待できない。やはり、倒すことは諦める方針でいこう。逃走のみを考えるべきだよな。

しかし、この状況下でどうやって逃げればいい。相手の注意を逸らすことができれば、なんとかなるかもしれないが。

「うおおおおっ！」

裂ぱくの気合と共に赤い閃光が冥府の王の脳天から地面に走った――ように見えたが、そこには大剣を振り下ろした、ミシュエルがいるだけだった。

無事だったのか！

「それは幻影だ。おしかったな、黒き鎧の若者よ」

「はぁはぁ……やはり、不意打ちは通用しませんか」

呼吸が荒く、大剣を杖にして辛うじて倒れるのを堪えている、ミシュエル。

あの一撃を受けて無事なわけがないよな。限界ギリギリの状況で今の一撃を繰り出してくれたのか。

「やれやれ、悪に対し騙し討ちとは、良心が痛まぬのか。正義の在り方とはどういうものなのかね。ふんっ」

肩を竦めた冥府の王が骨の尻尾を薙ぐと、避ける余力が残っていなかったミシュエルがその一撃を、無防備な状態で喰らい地面を転がっていく。

「おや、ご教授願えないのか」

「口達者なやつとまともに問答するんじゃねぇよっ！」

不意に聞こえてきたこの声はヒュールミ！　そうだ、後衛のシュイとヒュールミは荷猪車で離れた位置にいたので、まだ健在だった。

怒声に続いて俺たちの元に届いたのは数本のペットボトル。それは冥府の王を目掛けて一直線に飛んでいる。

即座に彼女の行動を理解して、ペットボトルだけを消滅させ、前と同じ手段で中身を冥府の王にぶっかけようとした。

「あの燃えやすい油か。ふっ」

小さく息を吐いただけで冥府の王の脇に風の壁が発生した。軽油を吹き飛ばすつもりのようだ。

「甘いっすよっ！」

シュイの言葉と共に火矢が飛来して空中の軽油——ではなくガソリンに引火。風の壁に触れる前に爆炎が発生した。

「ラッミス、ハッコン今の内に逃げるっす！」

「早くしろ！」

二人の言葉に促されて、ラッミスが地面を蹴り上げクレーターの縁まで跳躍する。その時はもちろん〈ダンボール自動販売機〉になって軽量化を忘れていない。

「団長、ミシュエル早く乗るっす。とっととずらからないと！」

荷猪車は起き上がろうともがいている二人の近くに止まり、彼らを荷台に押し込んでいる最中だった。

「うちも手伝うよ」

ラッミスが一足飛びで近寄ると、軽々と二人を荷台に放り込んだ。

「一旦逃げるぞ！」

「でも、まだみんながっ」

返事も待たずにヒュールミが発進させると、ラッミスも渋々(しぶしぶ)ながら付いて行く。

後方に視線を移すと、地面に倒(たお)れたままの仲間に変化はない。再び宙に浮かんでいた冥府の王は爆炎を吹き飛ばした状態で、何故(なぜ)か動きもせずに睥睨(へいげい)している。

どういうことだ、殺す価値もないと見逃(みのが)してくれるのか？　どんな理由であれ生き延びられるなら、それで構わない。今は逃げられさえすればいい。

『何処(どこ)に行くのかね。まだ教えてもらっていないのだが』

脳に直接、横柄(おうへい)な物言いの骸骨の声が届く。これは加護にあった〈念話〉っぽいな。

全員聞こえたようだが、振り向きもせずに速度を上げている。

『やれやれ、話をする時は目を見て最後までちゃんと聞くと習わなかったのかね。最近の若い者は礼儀(れいぎ)を知らぬから困ったものだ』

田舎(いなか)の爺(じい)さんみたいなことを言っているな。これがただの礼儀作法にうるさい爺さんなら何の問題もないのだが、あの馬鹿(ばか)げた強さを保有している冥府の王となると話が違ってくる。

〈念話〉が、どこまで届くのかは知れないが、話すだけで攻撃(こうげき)をしてこないのであれば、幾(いく)らでも独り言を呟(つぶや)いていてくれて構わないぞ。

「仲間を見捨てるのかね」

唐突に何の前触れもなく、進路方向に冥府の王が現れた。世の中そんなに甘くないか。このままぶつかって接触事故で倒せる相手じゃない。それを理解しているヒュールミが手綱を操り進路を変更しようとする。

「会話ができぬとなれば、それはもう獣と同じではないかね」

何を思ったのか手元の杖が消え、フリーになった両手を前に突き出している。何かはわからないが、嫌な予感がするぞ。〈結界〉を全開にして相手の一挙手一投足を見逃さないように注視する。

肉が一片もない銀色の指が少し閉じると冥府の王の手の中に——ヒュールミとシュイが出現した。

「ヒュールミ、シュイ！」

さっきまで御者席にいた二人が何故そこにいる。荷猪車を見ると、無人となった荷台があるだけだった。

冥府の王は二人の首を摑んだ状態で宙に浮いている。二人は何とか抵抗しようと手足を振り回しているが、冥府の王は全く応えていない。

「そこの面白い加護を持つ娘と来訪者の魂を持つ魔道具よ。お主らは興味深い。なので生かしておいてやろう。まだまだ成長過程で今後に期待できそうだからな」

「二人を放してっ！」

ラッミスが感情の高ぶるままに飛び出していく。止めたいところだが、今、無理やり止めたら一生彼女は後悔するだろう。誘い出す為の挑発だとわかっていても、ここはいく場面だ！

「圧倒的な力の差を理解していながら、まだ足掻くか。よいよい、その気概、益々気に入ったぞ。我は英雄と呼ばれる者の冒険譚が好物でな。悪に立ち向かう英雄が強くなるきっかけとなる王道は、仲間の死。我も悪役側として演出しなければなるまい！」

「や、やめてえええええっ！」

最悪の展開が頭に浮かぶ。背にいる俺は〈ダンボール自動販売機〉となったので負担はない。彼女は十数歩かかりそうな距離を、たった一度、地面を蹴るだけで飛ぶように進んでいる。それでも——

「鼓動よ躍り乱れ、死を享受せよ」

冥府の王がその言葉を口にした途端、シュイとヒュールミの体を闇が包み、その体が一度だけ大きく跳ねた。

そして、冥府の王はその手を離すと、二人が真っ逆さまに落ちていく。

「うあああああっ！」

ラッミスの踏み込みにより地面が爆発して、粉塵が噴き上がる。十メートル以上の距離を一気に詰めると、落下する二人の下に滑り込み、地面に激突する前に受け止めた。

「よくぞ間に合ったな。では、褒美として、その二人の骸は返却しよう。お主らの成長、楽しみにしておるぞ。我は暫く、この階層に滞在しておる。いつでも復讐に来るがいい」

それだけを口にして杖を掲げた冥府の王は、その場から消え失せた。

「ヒュールミ、シュイ、返事をして！　お願い、お願いやから……返事してぇ……」

自分の怪力で頬を叩く危険性を理解しているのか。ただ隣で涙を零し、拳を握りしめているだけのラッミス。

二人は静かに眠っているようにしか見えないが、彼女の取り乱しようを見て、そんな楽観的に考えられるほど馬鹿じゃないつもりだ。

「ヒュールミ、ずっと私の手伝いしてくれるって約束したよね……シュイ、みんなが、孤児院のみんなが待っているよ……だから、お願い、ほんまに、お願いやから」

「くそったれが……俺の仲間が、くそがあああっ」

「私は、私は、また目の前でっ」

荷猪車が近くに戻ってきていたのか。ミシュエルと団長の悲痛な声がする。

ミシュエルは片膝を突いた状態で剣を支えにして、何とかその状態をキープしているが、噛みしめた唇から鮮血が流れ落ちている。

辛うじて動ける団長が荷台から飛び降り、シュイとヒュールミの鎧と服を脱がす。

こんな時に何をするんだ！　と声が出るなら怒鳴るところだったが、それは俺の誤解でシュイの心臓マッサージを始めた。

「ラッミス！　お前も心停止の処置方法はハンターの基礎として学んだだろ！　ぼーっとしているんじゃねえ！」

「う、うん！」

ラッミスは俺を脇に置くと、力を込め過ぎないように細心の注意を払いながら、心臓マッサージを始めている。

助かってくれ、頼むっ！

口は悪いが姉御肌でラッミスの支えになってくれていたヒュールミ。俺のことを理解しようとしてくれた大切な人。

明るく、大食いで、孤児院の為にその身を尽くしてハンター活動をしていたシュイ。

そんな二人が、今、目の前で物言わぬ身体を晒している。

「駄目、息を吹き返さないっ！」

ラッミスの悲痛な叫びが、荒れ果てた大地に響き渡る。

諦めるしかないのか？　本当に何もせずに死を受け入れるしかないのか……まだだっ！

まだ、諦めるのはまだ早い！

あいつは「鼓動よ躍り乱れ、死を享受せよ」と言っていた。外傷はなく眠っているようにしか見えない二人の遺体。ケリオイル団長の判断を信じるなら心停止状態なだけだ。ならば、まだ、助かる見込みはある！

俺は以前から目を付けていた機能を即座に選び出し、それを取得した。

自動販売機の身体の中心部右寄りに透明の扉が装着され、その中に橙色の物体が現れる。その隣には赤いハートの絵柄と〈ＡＥＤ〉の文字が描かれている。

俺が選んだ新たな機能は〈ＡＥＤ〉だ。ＡＥＤとは自動体外式除細動器のことで、つまりは心停止の人に電気ショックを与えて蘇生させる医療機器だ。

震災が多発している昨今、非常用の設備として簡易トイレやＡＥＤを設置できるタイプの自動販売機が現れ始めている。そのおかげで俺はこうして機能を得ることが出来た。

二人の状態ならば、これを使えば蘇生は可能だと信じる！

「え、何これ、えっ」

変化に気づいたラッミスは手を止めずに、涙が止めどなく零れ落ちる目で見つめているが、それが何かを理解できていない。当たり前だ、これを見ただけで即座に理解する異世界人なんているわけがない。

日本人だってパッと見てわかる人は少ないし、ＡＥＤだと理解していても取り扱いには躊躇うだろう。

心停止からの蘇生は時間との勝負。躊躇っている余裕はない！

彼女に説明をする方法がないのでラッミスに任せることは不可能。ケースの中に図解の説明書があるにはあるが、それでも理解までには時間を必要とする。

俺の残りポイントは幾つだ……１２２万あるなっ！　それだけあれば充分だ！

死霊王を協力して討伐したポイントと今までコツコツ稼いできた成果、それに炎巨骨魔のコイン報酬が入ったのでここまで貯めることが出来た。

ここで俺の取るべき能力は――〈念動力〉だ。

この加護の性能は《自分の周囲半径一メートル以内の物体を操ることが可能になる。ただし、重量に限度があり商品のみとなる》となっている。

ＡＥＤが商品の定義に含まれるのかは不明だが、他に方法がない。迷う理由はない！

１００万ポイントを消費して〈念動力〉を得た俺は、ＡＥＤを見つめ強く念じる。すると、透明の蓋が開き中からＡＥＤが抜け出てきた。今は空中にふわふわと浮いている。

よしよしよしっ、第一関門突破だ！　次はケースを開けて中身を取り出す。黄色の装置を地面に置き電極パッドを相手の胸に……くそ、届かない。ここで一メートル縛りの壁が邪魔をするのかっ。

「えっ、道具が浮いてる……これってハッコンがやっているの？　何かしようとしてくれているんだよね。もしかして、もしかして、生き返らせられるの？」

「いらっしゃいませ」

期待もせずに口にした言葉を肯定されて、ラッミスの目が大きく見開かれている。

「ほ、本当にっ、ええと、ええと、その紐のついた四角いので何とかしたいんだよね。ええと、えと、二人をもっと近づけたらいいのかな」

「いらっしゃいませ」

「うん、わかった！」

充分察しのいい対応をしてくれているのだが、焦っている俺には、それすら時間がかかり過ぎだと思ってしまいそうになる。落ち着け、ラッミスは軽くパニックに陥っているのに、懸命に頭を働かせて、動いてくれているのだ。

俺だけでも冷静に対応しなければならない。やり方は〈ＡＥＤ〉を選んだ時に全て理解できた。あとは実行するのみ。

「連れてきたよ！」

俺の体にくっつく距離で二人が並んで寝かされている。

これなら届く。まずは……シュイ、悪いが、先にヒュールミを蘇生させるぞ。

電極は右胸の上部と左脇腹の下辺りか。この二か所に貼りつける。これだけでＡＥＤが自動で心電図を解析して、電気ショックが必要か判断してくれる。

『体に触らないでください。心電図を調べています』

音声ガイダンスがあるので日本人であれば誰でも扱えるのだが。

『電気ショックが必要です』

「この声誰……なんて言っているかわかんない」

こっちは日本語の音声で翻訳されないのか。本体からの声じゃないからということなのだろう。あの音声が流れると充電が始まり、それが終わると『ショックボタンを押してください』再び日本語の音声が流れる。

あとは装置の赤いショックボタンを押すだけなのだが、躊躇っている暇はない。この後、シュイにもやらなければならない。心停止は時間が過ぎれば過ぎる程、蘇生の確率が下がる……押すぞ、いや、待て蘇生率を上げる為に、まだやれることがある。

僅かな可能性に賭けて俺はステータスの器用さを上げた。器用さの効果は未だに不明だが、こういう機能の効果や性能が少しでも向上するのであれば、ポイントなんて惜しくない。
10、20、30、40と上げ、ポイントは10万減ったが許容範囲だ。よっし、ショックボタンを押すぞ！
『電気ショックを行いました。体に触っても大丈夫です』

電気ショックで体がピクリと動いたが安心はできない。電気が走ったから起こった現象に過ぎない。問題はここからだ。

「ヒュールミ……あっ、息が、息を吹き返したっ！　ヒュールミ、ヒュールミィイィッ！」

「マジかっ！　じゃあ、シュイも……」

良かった、ヒュールミ本当に良かったっ。心臓マッサージの手を止めずに、泣きじゃくるラッミスを見て、安堵のあまり電源が落ちそうになるが、まだだ。安心するのはまだ早い、シュイも残っている。

えっ、どういうことだ。さっきよりも電極を細かく正確に操れるぞ。これは器用さが上昇したことによる恩恵か。これなら、適正な位置に貼り付けるのも苦じゃない。

ヒュールミでの経験を活かし、俺はシュイの電気ショックも行い結果……二人とも息を吹き返した。

よ、よしっ！　な、何とかなったぞ。はああああああぁぁぁ。

「シュイ、心配させやがって馬鹿野郎……が。ありがとうよ、ハッコン。お前は命の恩人だ、本当に感謝している」

ケリオイル団長は今にも倒れてもおかしくないぐらいの大怪我だというのに、シュイの頭を優しく撫でながら俺に深々と頭を下げている。

愚者の奇行団のことは、もう少し信用することにしよう。そう思えるぐらい、団長の行動は心に響いた。

蹂躙後

「み、みんなは！」

二人が息を吹き返したのを確認すると、ラッミスは泣き顔を一変させて飛び出していった。そうだ、二人は一先ず安心だが、他の面子は全く動きが無い。

生きていると信じたいが、ここからでは判断ができない。ラッミスが連れてくるのを待つしかないのか……俺には祈ることしかできないのか。

ラッミスが尋常ではない速度で仲間に駆け寄り、怪我の具合や呼吸を確かめているように見える。ホッと胸を撫で下ろしている時もあれば、何かを呟いている場面もあり、この距離では状況を正確に把握することは不可能だ。

じれったいが、彼女が戻ってくるのを待つしかない。

「なんとか全員、命の危険はねえか……はぁぁぁ」

俺が出したバスタオルの上に並んで寝かされている面々を見つめ、ケリオイル団長が安堵の息を吐いた。

吹き飛ばされていた者の中で重傷者もいたのだが、治癒薬と適切な応急処置が功を奏したようだ。今はそっと荷台にラッミスが運んでいっている。

完全に傷が癒えたわけではなく、衝撃で内臓がやられている可能性もあるので、今は少々無理をしても素早く集落に運ぶ必要があった。

ヒュールミとシュイはあれから眠り続けているので、怪我人たちと一緒に荷猪車に乗せられている。

「ミシュエルすまねえが、俺と交代で御者やってもらうことになりそうだが」

「大丈夫です。治癒薬のおかげで、かなり楽になっていますので」

そう口にするケリオイル団長とミシュエルだったが、お互いの顔色は悪く、万全には程遠い状態なのが見て取れる。ここは弱みを見せる状況でないことぐらい、言わなくとも重々承知しているのだろう。

傷薬や痛み止めが自動販売機の商品にあればいいのだが、薬事法の問題なのか薬を自動販売機で売っているのを俺は見たことがなかった。海外にはあるそうなのだが、薬の自動販売機だけを見に行く為に海外旅行が出来る程、生前の俺は裕福ではない。

出来るだけ車体を揺らさないように気を付けながら、荷猪車が出発した。急いでいるのは彼らを治癒してもらうのが最大の理由ではある。だが、それ以外にも奴が——冥府の王が気まぐれで戻ってくるのではないかという疑心が俺たちを後押ししていた。

集落にたどり着き、亡者の嘆き階層で唯一の診療所に仲間たちが運ばれて行った。

適切な治療を受け、専門の担当医からもう大丈夫とお墨付きをもらうと、俺とラッミスは安堵のあまり床へと崩れ落ちる。

だが、一度心臓の止まった二人は暫く安静となり、他の面々もあの闇魔法により身体のダメージだけではなく精神も削られた様で、数日であっさり完治するわけではないようだ。

最低でも一週間以上は入院する必要があるらしい。

そんな状況下なのだが、俺たちはのんびり仲間の回復を待つ時間はなかった。ギルドに冥府の王が現れたことを告げると、比較的軽傷の団長とミシュエルはこの階層のギルドマスターに呼び出され、緊急会議に組み込まれている。

半日もしないうちに熊会長や他の階層の会長もやってきたことにより、事の重要性が再認識された。

更に、一日も経たずにこの階層への一般市民の出入りが禁じられ、集落には続々とハンターが集まり始めている。

ラッミスも何度か会議に呼ばれ目撃したことを伝えてはいたようだが、会長たちの表情は芳しくなかったって零していたな。

俺とラッミスは待機中で、亡者の嘆き階層ハンター協会前で二人揃って、ぼーっと曇り空を眺めている。

「どうなるのかな、ハッコン。みんなが死なずに済んでホッとしているけど、あの冥府の王って強すぎるよね」

「いらっしゃいませ」

圧倒的な魔力による蹂躙。勝つどころか対抗手段も思いつかない。

知能があり浮くことのできる相手には俺は役に立たない。今までの階層主を倒せてきたことがどれ程、幸運だったのか思い知らされたよ。

仲間が殺されかけた怨みと憎しみがある間は、冥府の王を倒すことしか頭になかったが、時間が経つにつれ冷静になり、現実を正確に認識できるようになってしまった。

「あの四本腕骸骨、一体何だったんだろう。冥府の王なんて、うち聞いたこともないよ。ヒュールミなら知っているのかな」

階層主である死霊王を配下にする存在。一体何者なのか俺だって知りたい。

「冥府の王が何者であるか、知りたいか」

頭上から降ってきた渋い声に視界を移動させると、疲れたように肉球でこめかみをマッサージしている熊会長がいた。鼻眼鏡を掛けていて、片腕で資料の束を抱え込んでいる。

「熊会長、会議終わったの？」

「ああ、一先ずはな。まあ、その内容も含めて話がある。ハッコンにも。詳しくは中で」

協会から出てきたばかりだというのに踵を返して、俺たちを手招いている。話の内容が気になるし、断る理由もないのでラッミスに背負われて後を追う。

一階の奥まった場所にある、見るからに重厚そうな扉を軽々と熊会長が押し開くと、そこは大きな丸テーブルがある会議場だった。

「ラッミス適当に腰かけてくれるか」

直ぐ近くにあった椅子を移動させて俺をそこに設置すると、直ぐ隣にラッミスが座る。

ここには俺たちだけではなく、ケリオイル団長、ミシュエル、それ以外にも見たことが無い男女が九名、既に席に着いていた。

「そっちの二人は説明不要だな。残りのメンバーは各階層のハンター協会会長とその代理となる」

そうなのか。会長と呼ぶにふさわしい貫禄のある人もいるが、ラッミスより若く見える子供もいるのだが、あの歳で会長をやっているというのか。

っと、顔見知りを除いた好奇の視線が俺に注がれている。この感じはもう慣れた。

「皆様、彼女と魔道具である彼は冥府の王と遭遇し、生き延びた者たちです。今回の作戦にも大きく関わる二人なので、特別に呼び寄せました」

「清流の会長、その魔道具が噂の金で未知の物を購入することが出来る箱なのか？」

真っ赤な女性用スーツで身を固めた妙齢の女性が、手元の万年筆を指で回しながらじっと見つめている。

「ああ、始まりの会長。それ以外にも、かなり有能な能力を保有し、何度も助けられておる優秀なうちのハンターだ」

会長たちは階層の名前で呼称されるのか。清流の会長よりも熊会長の方がピッタリだと思うのだが。

「そうか、話の腰を折ってすまなかったな。それだけだ」

「ふむ。では、話を続けさせてもらう。今回現れた冥府の王はほぼ間違いなく、魔王軍の左腕将軍である冥府の王で間違いない」

「おおおおっ」

と会長たちがざわついている。その驚き方が何処か芝居がかっていて、誰もがわかってはいたが、改めて驚いているといった感じに見える。

「あのー、魔王軍の左腕将軍って何ですか？」

おずおずと手を挙げラッミスが疑問を口にしてくれた。俺もそれを知りたかったところだ。ナイスアシスト。

「知らぬ者もいて当然ではあるな。ここから遥か北方に自らを魔王と呼称する者が治める国があるのだよ。その魔王軍は何人もの将軍がいるのだが位によって呼び名が異なるのだ。

魔王である自分を頭と位置づけ、配下の者を手足と捉えた考えでな。位が上から順に右腕将軍、左腕将軍、右脚将軍、左脚将軍という四人の肢体将軍が存在し、その下には更に二十指将軍が控えておるのだ」

つまり、この世界には魔王が存在して配下に何人もの将軍を従えている。そのうちの上から二番目の地位にいる左腕将軍が冥府の王ってことだよな。

それってかなり上位の存在だよな。実質、魔王軍のナンバースリーがなんでこんな場所に来たんだ。しかし、魔王がいるのか。この世界感でいない方が不自然だけど、魔王か。

「冥府の王がこの場所に現れた理由は不明だが、現場での会話から察するに、ここの階層主である死霊王は冥府の王の部下だったようだ。階層主というのはダンジョンから出ることが叶わぬ存在だというのは承知しておると思う」

そうだったのか、初耳だ。

「この階層には死者の魂が集まり魔物と化すと言われておる。死霊王は元人間もしくは魔物だった者が死してこの場に魂として集められ、死霊王となった……のかもしれぬ。もしくは別の手段でダンジョンに入り込んだか。あくまで仮定の話だが」

そういう経緯があったのかもしれないのか。死霊王と冥府の王の話を聞いた限りでは確かに上下関係があり、冥府の王が上司っぽい口ぶりだったよな。

「とまあ、わからぬことを考察するのは全てが終わってからでも良いだろう。問題はまだこの階層に滞在していると思われる、冥府の王の対処方法だ」

「ちょっといいか、清流の会長」

「何だろうか、灼熱の会長」

挙手して意見を口にしたのは、赤銅色の肌をして焦げ茶色の髪の毛が立っている、見るからに暑苦しい男だった。

服装は炎が描かれたアロハシャツのような上着と、砂漠の砂の様な色彩のズボン。夏の砂浜が似合いそうな男臭さがある。

「仮にも魔王軍の幹部と事を構えても大丈夫なのか？　倒しちまったら何かと後々問題になっちまうんじゃねえか」

「それは心配いらないだろう。そもそも、向こうから仕掛けてきたのだ。魔王軍が我々と事を構えたいのであれば、迎え撃つしかない。もっとも、少数で動くならまだしも、魔王軍が直接この場所に侵攻するには、防衛都市や帝国を滅ぼしてからになる。おそらく、今回の一件は冥府の王の単独行動で間違いないかと」

この世界の地理が頭に入っていないのだが、この迷宮がある国の北側には帝国があり、魔王軍と接する場所に防衛都市が存在していて、そこをどうにかしないと、ここまで攻め入ることは不可能ってことだよな。

「じゃあ、何故、冥府の王はそんな単独行動を」

「始まりの会長、それはわかりかねる。ただ、ダンジョンには人知の及ばぬところがある。階層を突破した際の――憶測は止めておくとしよう」

政治が絡んでくると面倒臭いことになるのだが、そこは無視しても大丈夫なようだ。いや、寧ろ交渉で追い払える方が、ここの人たちにとっては良いことなのかもしれないな。

「それで、対応策はどうすんだ」

「討伐しかない。我らが管理するダンジョン内で、ハンター協会の一員に手を出したのだ、総力を挙げて叩き潰すしかない」

一見穏やかで紳士の風格を漂わせる熊会長だが、その目に宿る光が野生の力強さを感じさせる。今回、懇意にしている愚者の奇行団や大食い団がやられたことに対し、腹に据えかねているようだ。

「珍しくやる気じゃねえか。ハンターとは魔物を倒すのが仕事の一環だ。舐められたままじゃ、商売が成り立たねえ。俺んとこに所属しているハンターから腕の立つのを参戦させるぜ」

「始まりの階層からも何組か出そう」

他の階層からも腕利きのハンターを出すということで話がまとまり、会議は解散となった。これは大掛かりな戦いになりそうだな。

凄腕のハンター集団なら、あの化け物を倒すことも可能かもしれない。

「ラッミス、ハッコン、ケリオイル団長、それにミシュエル。ご苦労だった。今回の決議は皆も知っての通りだ。ここであえて問いたいことがある。お主ら今回の冥府の王討伐に参加する意思はあるか？」

「当たり前だ。うちの団員をあんな目に遭わせて、ただで済ますわけがねえ」

「私も参戦させていただきたい。己の未熟さを痛感させられる戦いでした。雪辱を果たすためにも是非！」

ケリオイル団長とミシュエルの心は全く折れていない。むしろ、闘志が溢れている。

会議が始まってから一言も発して無かったラッミスへ視線を移すと、俯いていた顔を勢いよく上げた。その顔には怯えも躊躇いもなく、強い決意が漲っていた。

「もちろん、参加するよ！　みんなを傷つけて、ヒュールミをあんな目に……一発殴らないと気が済まない！　ねえ、ハッコン」

「いらっしゃいませ」

ああ、その通りだラッミス。俺たちの力、見せつけてやろう。

「その熱い想い受け取った。清流の湖ハンター協会に所属する最高の人材を用意する。彼らと共に協力して冥府の王を討伐しようぞ」

そう言って熊会長が突き出した拳に全員が打ち合わせる。この時ばかりは俺にも腕があればと思わずにはいられなかった。

エピローグ

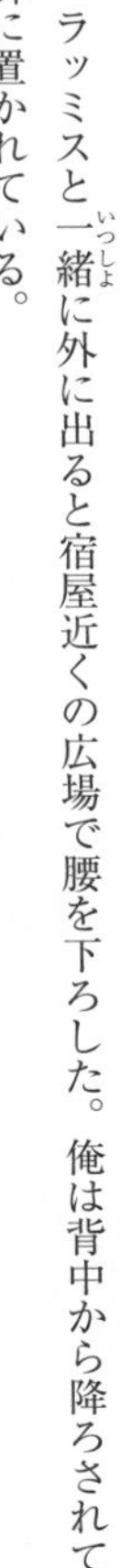

ラッミスと一緒に外に出ると宿屋近くの広場で腰を下ろした。俺は背中から降ろされて、隣に置かれている。

今日も嘆きの亡者階層の空は暗く、いつも通りの陰気な空模様だ。

「みんな無事でよかったけど、やっぱり、辛いね」

「いらっしゃいませ」

あれ程の強敵を前にして命が無事だったことを喜ぶべきなのかもしれないが、仲間が傷つき倒れていたというのに、逃げるしかできなかった自分が歯がゆい。

ちょっと便利で性能も上がってきたことで、みんなの役に立ってきているという自信があったのだが、今回の一件でそれは消え去ってしまった。

所詮俺は自動販売機なのだ。〈結界〉で守ることはできるけど、それだけだ。武器を持つ手もなければ、一緒に戦場を駆ける足もない。

敵に殴りかかるのもラッミス任せで、背負われてただ〈結界〉を張るだけ。それで、俺はみんなの力になれていると思い込んでいた。

「ざんねん」

無意識のうちに声が漏れる。

「ハッコン。もしかして、自分のせいでみんなが傷ついたとか思っていない？」

ラッミスの言葉に動揺して、一瞬だけ自動販売機の光が消えた。

光の点滅で感情の起伏がある程度は伝わるかもしれないけど、心を読むことは不可能だ。だというのに、ラッミスは俺の心を察して声を掛けてくれる。

どうして無機物の機械が思っていることを、当てることができるのだろう。

「いらっしゃいませ」

「そんなことないよ！　そんなことない！」

ラッミスがガシッと俺の体を両手で挟み込み、額がくっつきそうなぐらい顔を寄せてきた。涙で潤んだ目が少し吊り上がり、口は悔しそうにキュッと噤んでいる。

怒っている……いや、俺のことで悲しんでくれているのか。

「ハッコンがいてくれたからうちは無傷やったんよ。ヒュールミとシュイが助かったのも、ハッコンのおかげなんやよ！　だから、そんな悲しいこと思わんといて、お願いやから……」

俺の為に、自動販売機の為に泣いてくれている。まったく、こんなかわいい子を泣かせるなんて男として最低だな。

　ラッミスは俺にとって最高の相棒だ。生涯のパートナーとして落ち込むよりやることは他に幾らでもある。

「っと、オレも励ましたかったんだが、必要なさそうだな」

　背後から声が聞こえてきたので視線を向けると、熊会長にお姫様抱っこされてヒュールミが運ばれている。

　心停止から蘇生したばかりで絶対安静だった筈なのに、動いて大丈夫なのだろうか。

「ヒュールミ、身体は大丈夫なの⁉」

「おう、元気なんだが、ちょっと力が入らなくてな。無理を言って会長に運んでもらっている。どうしても、礼が言いたくて……ありがとうな、ハッコン」

　抱き上げられたまま、笑みを浮かべているがいつもより弱々しい。体調が万全にはほど遠いのだろう。

「いらっしゃいませ」

「オレは戦闘では役に立たねえけど、役立たずなんて思っちゃいねえぜ。力はラッミスに敵わねえし、戦闘力ならミシュエルかケリオイル団長だろ。あ、会長も強いんだよな？　魔力だったらフィルミナ副団長だしな。でも、オレは魔道具技師としての腕は誰にも負けねえつもりだ！」

「うんうん、器用だし頭もいいもんね」

ラッミスが頭を上下に振って激しく同意している。

俺も同じ気持ちだよ、ヒュールミを役立たずなんて思ったことは一度もない。

「ハッコンだってそうだ。自分で動けねえし、戦えないかもしれないけどよ、食べ物や飲み物が出せて、それに〈結界〉まで操れるんだぜ。これで力が足りねえなんて嘆いていたら殴られるぞ。いや、ラッミスに全力で殴らせる！」

「ざんねん」

ごめんなさい、それは勘弁してください。もう落ち込まないから。

俺の返事を聞いて、ラッミスとヒュールミが顔を見合わせて破顔する。

「ハッコンよりも落ち込むべきは、俺たちの方だぜ」

「己の未熟さが……本当に情けないです」

会話に割り込んできたのは、ケリオイル団長とミシュエルか。

顔色は万全とは言い難いが会議に参加していたので、日常生活に支障は出ないぐらいは回復しているのだろう。

しっかりとした足取りで、こっちに歩み寄ってくる。その背後には残りの愚者の奇行団と大食い団が揃っている。

全員、傷は塞がっているが消耗した体力が直ぐに戻る訳じゃないので、足元がおぼつかないが、よろめきながらも自分の力で歩いていた。

戦闘に参加していなかったフィルミナ副団長が仲間を心配しながら、後方で控えている。

みんな絶対安静と言われたのに、どうして外に出ているんだ。

「こいつらも、ハッコンに一言礼を言いたいらしくてな」

ケリオイル団長がそう言うと、全員が真剣な表情で俺をじっと見つめると一斉に――笑いかけてきた。

「ハッコンさんのおかげで団長や団員が助かりました。副団長として感謝を」

「マジで助かったぜ。死ぬときは美人を庇って膝枕の上で、って決めてるからな！」

「だよな！　おかげで夢へ望みが繋げたぜ」

フィルミナ副団長は深々と頭を下げ、紅白双子は親指を立てた右手を俺に突き出して、ウインクをしている。

「ありがとう、ハッコン。リーダーとしてお礼を言うね」

「これでまたお腹いっぱい、肉の揚げたの食べられるよ」

「助かった」

「ペルは食べ物のことばっかりね。ちゃんとお礼を言わないとダメでしょ」

大食い団は全員肩を寄せて、互いを支え合っている。俺としては、その和む姿を見せてくれたことが最高のお礼だよ。

「死にかけたところを助けてくれたっすよね。感謝してるっす、ハッコン」

紅白双子の肩を借りていたシュイは、二人から離れると俺に倒れ込むように飛び込んでくる。そして、抱き付くと俺の体にキスをした。

「せめてもの、お礼っす！」

呆気にとられている俺に向けて、照れながらニヤリと悪戯っ子のような笑みを見せた。

「あーっ、何しているの、シュイ！」

「お、お前なぁ……」

ラッミスがやってきて、シュイを引き剥がす。

二人がもめているようだが、すっと俺の正面に滑り込んできたヒュールミがシュイの唇が触れた部分をじっと睨んでいる。

「じゃあ、オレも礼をしねえとな」

と呟くと、シュイと同じように俺の体に軽く唇が触れた。

「ああああっ、ヒュールミも何してるの！」

両脇に手を入れられたヒュールミが軽々と運ばれて行く。

あっ、シュイの隣に座らされているな。ラッミスが頬を膨らませて、二人に文句を口にしているようだ。

二人からキスされるとは。この異世界は日本より海外寄りでキスは軽い挨拶の一種なのだろう。だとしても、男として嬉しいんだけど。

「まったく、もう……ハッコンも嬉しそうだよね！」

説教が終わったようで、俺の正面には膨れっ面のラッミスがいる。

「勘違いしちゃダメなんやからね。あれは親愛とお礼やから、愛情とかやないんやで」

はい、重々承知しております。

「ほんまにもう、二人ともあんなことするやなんて……」

方言が出ているということは動揺しているんだよな。

「あんなん、簡単にやったらあかんのに。あっでも、お礼やったら、う、うちもせんとあかんよね。う、うん、お礼はちゃんとせなあかんって、おかんも言ってたし」

ちょ、ちょっとラッミスさん？

顔を真っ赤に染めて俺の体にギュッと握りしめた両手を添えて、ラッミスが背伸びをして顔を近づけてくる。

おおおっ、か、顔が、唇があと少しで――。

「や、やっぱり、無理やっ、恥ずかしくて死んでまう！」

ギリギリで思いとどまったか。ラッミスが頭から湯気が出そうなぐらい羞恥で顔が赤い。

はあぁ、びっくりした。正直、ちょっと残念な気もするけど、この結果の方がラッミスらしいよな。

そう自分に言い聞かせて安堵のため息を吐く俺だったが、

「ったく、相変わらず照れ屋で損してやがるな」

「これぐらい、ささっとするっすよ」

ラッミスの背後に回っていたヒュールミとシュイが口元に笑みを浮かべると、ラッミスの背中をポンッと押した。

「えっ？　んんっ」

バランスを崩したラッミスが前に倒れ、薄ピンク色の唇が俺の体に強く押しつけられる。

くっ、触覚があればもっと嬉しかったけど、これだけでも嬉しいし照れるな。

「えっ、えっ、な、な、何すんの、ヒュールミ！　シュイ！」

ラッミスが慌てて振り返り、二人に詰め寄っている。

生身の体があれば、心底楽しそうに笑っているのだろうな。落ち込んでいた気持ちはもう何処にもない。

手足がある普通の人間なら、一緒にもっと楽しめることもあるだろう。

だけど、この体だから仲間の役に立てている。俺は異世界で生まれ変わったんだ。

だったら、自動販売機としてやれることをやるだけだよな。

「はぁー、怒鳴ったら喉が渇いちゃった。ハッコン、何か美味しそうな飲み物もらってもいい？」

「オレも頼むぜ」

「食べ物も欲しいっす！」

ラッミスと怒られていた二人が再び俺の元にやってくると、ガラスの向こうに並ぶ商品を真剣に選んでいる。

「ボ、ボクたちも欲しい！」

「んじゃ、俺たちも！」

大食い団と紅白双子までやってきたぞ。

俺が返事をする間もなく一列の列が出来上がっている。ちゃっかり、熊会長と団長と副団長も最後尾にいるな。

よっし、気持ちを切り替えて、異世界に生まれ変わった自動販売機として、やるべきことをやるぞ！

「いらっしゃいませ」

あとがき

新装版も第三巻ですね。旧版に追いつきました！

新キャラのミシュエルって見た目はイケメン。中身は……といった感じなのですが、その内面こそが読者に人気なポイントなのが興味深いキャラです。

彼は色々と設定が詰め込まれているのですが、それを明かす日が来るのかどうか。それは本の売り上げ次第！

是非、ご家族やご友人にお勧めしてください！

お勧めといえばアニメ。この本が出版されている頃には既にアニメは最終話を迎えている筈ですが、どうでしたか？　楽しんで頂けたのなら何よりです。

アニメの放送が始まってから驚いたのが、一週間が異様なまでに早く感じたことです。

初回放送が始まるまでは待ち遠しすぎて一日が長く感じたというのに。いざ始まってみれば一週間が飛ぶように過ぎていく。

たぶん、私の周りだけ倍ぐらいの速さで時が流れていたのでは、と今も疑っています。

アニメは本当に良い経験となりました。私とは別視点で物事を捉えている方も多く、そういった考えもあるのかと感心させられ多くのことを学びました。

この学びを執筆で生かせるように精進したいですね。

そういえば第二巻のあとがきで「私が第一候補に選んだ声優さんに決まったキャラ」についてですが正解は――ヒュールミです。当たった人はいるかな？

声を聴いた瞬間「ああ、この声はヒュールミだ」と確信しましたから。


あとがきの〆として毎回謝辞を入れているのですが、ここにもう少し笑いのエッセンスを加えてはどうだろうか、と思案するのですが「余計なことはするな」と私の理性が毎回止めてくれています。

憂姫（ゆうき）はぐれ先生。イラストありがとうございます。私の文章では表現しきれなかったキャラたちの魅力が今回も増し増しでした！

担当のKさん、スニーカー文庫の皆様。新、旧版共にお世話になっております。

アニメに携わってくださった皆様。ワンクール十二話、本当にお疲れ様でした。原作者として感謝するばかりです。

そして、この本を手に取って読書中の貴方（あなた）。今後ともよろしくお願いします。

昼熊（ひるくま）

読者アンケート実施中!!

ご回答いただいた方の中から抽選で毎月10名様に
「図書カードNEXTネットギフト1000円分」をプレゼント!!

URLもしくは二次元コードへアクセスし
パスワードを入力してご回答ください。

https://kdq.jp/sneaker

[パスワード：wv3xn]

●注意事項
※当選者の発表は賞品の発送をもって代えさせていただきます。
※アンケートにご回答いただける期間は、対象商品の初版（第1刷）発行日より1年間です。
※アンケートプレゼントは、都合により予告なく中止または内容が変更されることがあります。
※一部対応していない機種があります。
※本アンケートに関連して発生する通信費はお客様のご負担になります。

スニーカー文庫の最新情報はコチラ!

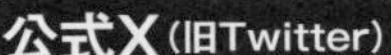

コミカライズ / アニメ化 / キャンペーン

公式X（旧Twitter）

[@kadokawa sneaker]

公式LINE

[@kadokawa sneaker]

友達登録で
特製LINEスタンプ風
画像をプレゼント!

【新装版】自動販売機に生まれ変わった俺は迷宮を彷徨う3

著　昼熊

角川スニーカー文庫　23833

2024年1月1日　初版発行

発行者　山下直久

発　行　株式会社KADOKAWA
〒102-8177 東京都千代田区富士見2-13-3
電話　0570-002-301（ナビダイヤル）

印刷所　株式会社暁印刷
製本所　本間製本株式会社

◇◇◇

Printed in Japan　ISBN 978-4-04-111961-7　C0193

★ご意見、ご感想をお送りください★
〒102-8177 東京都千代田区富士見 2-13-3
株式会社KADOKAWA　角川スニーカー文庫編集部気付
「昼熊」先生
「憂姫はぐれ」先生

[スニーカー文庫公式サイト] ザ・スニーカーWEB　https://sneakerbunko.jp/

本書は、2017年2月に刊行された「自動販売機に生まれ変わった俺は迷宮を彷徨う3」を加筆修正、及びイラストを変更したものです。

角川文庫発刊に際して

角川源義

　第二次世界大戦の敗北は、軍事力の敗北であった以上に、私たちの若い文化力の敗退であった。私たちの文化が戦争に対して如何に無力であり、単なるあだ花に過ぎなかったかを、私たちは身を以て体験し痛感した。西洋近代文化の摂取にとって、明治以後八十年の歳月は決して短かすぎたとは言えない。にもかかわらず、近代文化の伝統を確立し、自由な批判と柔軟な良識に富む文化層として自らを形成することに私たちは失敗して来た。そしてこれは、各層への文化の普及滲透を任務とする出版人の責任でもあった。

　一九四五年以来、私たちは再び振出しに戻り、第一歩から踏み出すことを余儀なくされた。これは大きな不幸ではあるが、反面、これまでの混沌・未熟・歪曲の中にあった我が国の文化に秩序と確たる基礎を齎らすためには絶好の機会でもある。角川書店は、このような祖国の文化的危機にあたり、微力をも顧みず再建の礎石たるべき抱負と決意とをもって出発したが、ここに創立以来の念願を果すべく角川文庫を発刊する。これまで刊行されたあらゆる全集叢書文庫類の長所と短所とを検討し、古今東西の不朽の典籍を、良心的編集のもとに、廉価に、そして書架にふさわしい美本として、多くのひとびとに提供しようとする。しかし私たちは徒らに百科全書的な知識のジレッタントを作ることを目的とせず、あくまで祖国の文化に秩序と再建への道を示し、この文庫を角川書店の栄ある事業として、今後永久に継続発展せしめ、学芸と教養との殿堂として大成せんことを期したい。多くの読書子の愛情ある忠言と支持とによって、この希望と抱負とを完遂せしめられんことを願う。

一九四九年五月三日